COLLECTION FOLIO

Valentine Goby

La note sensible

Gallimard

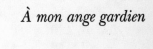
À mon ange gardien

À *Monsieur Vendello, appartement G*

Le 25 février 1999

Monsieur,

Tout a commencé le 15 octobre dernier. Il était minuit dix lorsque vous avez sonné. Je me suis levée, j'ai traversé le salon sur la pointe des pieds. J'ignorais qui était mon visiteur du soir ; tout me portait à croire que c'était vous. À mi-chemin entre ma chambre et la porte d'entrée, une latte a grincé. Nos cloisons ne sont pas épaisses. Sans doute m'avez-vous entendue approcher.

Je ne savais presque rien de vous. La rumeur avait suffi à me bouleverser. Je craignais de vous rencontrer. J'ai attendu là, au milieu de la pièce. Il faisait froid. Je ne connaissais pas votre visage, je vous avais toujours évité. La semaine dernière encore, alors que je m'approchais du palier, j'ai entendu vos clés tourner dans la serrure. J'ai dévalé les marches, j'ai couru au bout d'un couloir pour ne pas vous croiser. Vous êtes passé sans me voir. Par précaution j'ai fermé les yeux.

Cette nuit d'octobre, vous avez attendu de longues minutes sur le palier. La lumière du néon filtrait sous ma porte. Je ne quittais pas des yeux cette rayure blanche, une meurtrière. Quelques minutes seulement, et puis il ferait noir. Vous partiriez. La lumière s'est éteinte. Vous êtes rentré chez vous. Quand vous avez tiré la porte, je suis revenue à mon lit. Je me suis couchée. Vous aussi. Vous étiez tout proche. Nos fronts auraient pu se toucher. Nous nous sommes endormis.

Je n'ai jamais connu de vous qu'un univers sonore, où dominaient Mozart et votre violoncelle. Vous jouiez. Les voix chantaient. J'écrivais. Votre musique est dans ce manuscrit. À vous entendre j'ai eu peur de vous aimer. Je vous ai fui. J'ai écrit ce qui aurait pu être notre histoire. Ne me demandez pas pourquoi. Je ne vous demande pas pourquoi vous avez joué pour moi du violoncelle, chaque soir, pendant des mois.

Quand vous aurez terminé votre lecture, je serai nue devant vous, et pourtant moins vulnérable qu'au soir du 15 octobre. Je n'aurai plus rien à dissimuler, pas même de l'amour. Avec ce manuscrit, je vous rends ce qui n'a pas été. Je sais quelle serait ma souffrance si je devais vous aimer. J'y renonce.

Je ne vous demande qu'une chose. Lorsque vous aurez refermé le manuscrit, asseyez-vous près de la cloison, le violoncelle entre vos bras ; jouez pour moi l'Élégie de Fauré. Je l'espère depuis des semaines. Ce soir, elle sera mon chant de deuil.

J'attends.

Inès F., appartement 203

I

— Et c'est comment, la Normandie?

— C'est beau!

Les mains appuyées sur le manche à balai, la grosse gardienne a pris un air sceptique.

— Ah bon? À part des champs et des vaches…

— La mer, voyons!

— La mer? Ah oui, c'est vrai, la mer. Enfin, si on peut appeler ça comme ça… On dirait qu'elle est sale la mer, en Normandie. Moi, je l'aime bleue. Le ciel gris, le vent, le froid, les grandes plages vides, ça va pas avec les vacances. Mettre la mer en Normandie, c'est une drôle d'idée, je vous dis.

Mme Petit a souri.

— Tiens, vous entendez la musique? M. Vendello est rentré ce matin.

Le son du violoncelle descendait jusqu'au rez-de-chaussée par les fenêtres ouvertes.

— Regardez ce qu'il m'a ramené. C'est en verre de Venise, une spécialité artisanale.

Vendello, c'était mon voisin. Pas encore un visage, juste un nom inscrit en petits caractères à côté du mien, sur la rangée de boîtes aux lettres. De Vendello, je connaissais seulement ce que la rumeur colportait d'un étage à l'autre. Des bribes de conversations volant de fenêtre en fenêtre, des commérages de palier, des indiscrétions de couloir. Vendello n'était pas un homme. C'était un personnage ; l'invention de la petite société de l'immeuble, un fantasme né d'existences paisibles, une légende surgie du rêve et de l'ennui. Selon les sources, selon les jours, il était tour à tour artiste victime d'une épouvantable tragédie, prince italien ruiné, martyr de l'amour… et le plus souvent un peu tout à la fois.

— Ça a dû lui faire du bien, ce voyage. C'était pour son anniversaire. Cinquante ans ! Il les fait pas, entre nous. Il est retourné voir sa famille. Si vous aviez vu sa bonne mine, ce matin ! Et vous alors, vous étiez à un mariage ? Beau temps, au moins ?

— Variable. La Normandie.

— Tandis qu'en Italie… Bon, j'ai du travail.

— À bientôt, madame Petit.

J'ai traversé la cour. D'en bas, les baies vitrées de Vendello ressemblaient à de gigantesques miroirs où se reflétait le ciel. Il n'avait pas de vis-à-vis. Personne ne pouvait voir à l'intérieur.

Vendello et moi n'avions en commun qu'une mince cloison entre deux appartements. Pour moi, son existence se résumait à un ensemble de sonorités plus ou moins fréquentes et familières. Bruits de pas, claquements de portes, robinets ouverts et fermés, rugissement d'aspirateur, choc de cintres contre la penderie, cliquetis de clés dans la serrure, déplacements de meubles, grincements de lit. Il était aussi la mélodie fredonnée dans l'escalier. Par la force des choses, nous partagions son amour du violoncelle et de Mozart. Je souris encore en me rappelant le jour de mon emménagement dans l'immeuble. Tandis que son mari s'emparait de mes valises, Mme Petit me vantait les mérites de ma nouvelle demeure. Elle affirmait que mon appartement était l'un des plus calmes, et que j'avais de la chance d'être en agréable voisinage. «Vous allez bien vous entendre», avait-elle professé. Elle avait eu au moins à demi raison j'entendais très bien mon voisin.

Vendello entretenait un étrange rapport au bruit. Il en produisait, il en écoutait, il en faisait courir plus que les autres. Même son nom chuchotait quelque chose. Certains soirs, Mozart crevait les murs. La cloison tremblait. La première fois, réveillée en sursaut, j'avais reculé mon lit pour mettre fin aux vibrations. J'avais coincé ma tête sous l'oreiller, j'avais pris patience. En vain. Des boules Quiès n'avaient rien changé. Je ne pouvais pas dormir. J'avais frappé doucement contre le mur. J'avais tendu l'oreille, désespérant d'être entendue sous les voix de ténors. Encore quelques coups dérisoires contre Pavarotti triomphant. Un pas hésitant s'était approché de l'autre côté de la cloison. Il avait butté contre la plinthe à quelques centimètres à peine des pieds de mon lit. Cinq petits coups avaient résonné contre ma tempe. Les pas s'étaient éloignés. Pavarotti s'était tu. J'avais souri. J'avais dormi. Quelques coups contre le mur suffisaient à bâillonner Mozart.

J'avais emménagé à Paris deux semaines avant ce week-end en Normandie, le 26 septembre 1998 exactement. J'avais porté mes valises dans les couloirs du métro, frayé mon chemin parmi la foule dense des samedis après-midi. J'avais marché longtemps, enveloppée du sourire de ma mère et de mes sœurs. Debout sur le quai, elles avaient attendu le départ du train. La longue tresse de ma mère, sa robe bleue, ses yeux rougis ; la main de Camille me soufflant un baiser ; les pitreries d'Anne, sous la fenêtre, pour me faire rire. Le train s'était mis en marche. Les visages de ma mère et de Camille avaient fondu dans la distance. La joue contre la vitre, j'avais suivi la course folle d'Anne avec le train, ses pirouettes dans la lumière. Jusqu'au tunnel.

Ce jour d'été, dans la cour de l'immeuble, il faisait soleil. Des jardinières étaient accrochées aux balcons, un chat s'étirait devant les poubelles, un ballon traînait au bas des marches. Ça sentait la javel. Une tête est passée par la fenêtre du rez-de-chaussée.

— C'est vous, la locataire de M. Duvet ?

— Oui, c'est moi.

— J'arrive.

Une porte s'est ouverte, une grosse dame est sortie. Elle a balancé une eau mousseuse dans le caniveau puis s'est tournée vers moi.

— Je suis madame Petit, la gardienne. Pardonnez, je vous serre pas la main. Vous arrivez d'où ?

— De la gare de Lyon.

— Maurice ! cria Mme Petit. Tu peux aider la locataire du quatrième à monter ses bagages ?

Un homme couvert de plâtre a passé la porte.

— Bonjour ! On va vous monter ça !

— C'est gentil.

Maurice a pris les deux valises. Mme Petit est passée devant moi, je l'ai suivie dans l'escalier.

— Ça va pas vous manquer, la province ?

— Peut-être... mais comment savez-vous... ?

Maurice a ri. La main sur la rampe, Mme Petit s'est retournée.

— Je suis la gardienne. Je sais beaucoup de choses.

Maurice s'essoufflait.

— Ce n'est pas trop lourd?

— De la plume! Nous y voilà. Allez, je vous laisse. Bienvenue!

— Merci.

Maurice dévala l'escalier.

— Bon, vous me direz, pour le déménagement. Maurice vous donnera un coup de main. Sans ascenseur, c'est pas facile.

— Le déménagement…?

— Les meubles, les cartons… le reste quoi!

— Je n'ai que ça.

Mme Petit fixa les deux sacs rouges posés devant la porte. Elle leva vers moi des yeux ahuris.

— Mais… il est vide depuis trois ans, cet appartement, il y a rien là-dedans!

— Un lit, une chaise, une table basse.

— Et ça vous suffit?

Je n'ai pas répondu. La gardienne a haussé les épaules.

— Bon… Si vous avez besoin de quelque chose…

— Ne vous en faites pas. Merci pour votre aide.

J'ai glissé la clé dans la serrure, poussé la porte. La lumière était pâle sous la poussière des vitres. Ça sentait le fond de grenier, une odeur de bois tiède, de carton mou et de naphtaline. J'ai tiré mes deux sacs à l'intérieur, fermé la porte. J'étais chez moi.

J'ai posé ma veste sur le dos de la chaise. Dans le salon et dans la chambre, j'ai relevé les stores à demi baissés. Le soleil est entré tout entier. Le ciel était bleu. J'ai ouvert la fenêtre, les portes ont claqué dans le courant d'air. En bas, Mme Petit chantonnait en secouant un tapis. Une radio grésillait quelque part. J'ai coincé les portes avec mes sacs et la table basse, je me suis allongée sur le lit. Les ressorts crevaient le sommier, le matelas était trop mince. La poussière tourbillonnait dans le soleil. Je me suis endormie.

Lorsque j'ai ouvert les yeux, un clocher sonnait quatre heures. Les battants des fenêtres s'entrechoquaient doucement. J'ai sorti de mes sacs une paire de draps, un oreiller, une serviette-éponge, posé mes vêtements dans un renfoncement du mur et mes livres par terre. Karen Blixen, des romans de Forster, Fitzgerald, de la poésie de Walt Whitman, et un petit volume au cuir usé qui veillerait près de mon lit : *Out of Africa*, offert par ma grand-mère le jour de mes quinze ans. La dédicace était gravée dans mon cœur : « *Ma chérie, ne crois pas au destin, c'est le lot des paresseux. N'abandonne jamais. Lis, et n'oublie pas de vivre. Grand-mère Sophia.* » Pendant des années, à l'exception d'un seul, ces livres m'avaient servi de pieds de table. Étudiante, je les attachais par pile de cinq avec un lacet de chaussure. Par-dessus, je posais la porte des toilettes ôtée de ses gonds, et je couvrais le tout d'une grande nappe. C'est là que je recevais à dîner. À présent, j'avais une table basse. J'ai ouvert le robinet de la cuisine. L'eau avait une couleur brune. Trois ans dans les tuyaux. J'ai rincé mes mains, mon visage, à l'eau froide. Je suis descendue au supermarché, juste en face de l'immeuble. J'ai acheté une éponge, du savon, des assiettes, des couverts, de quoi dîner. J'ai pris un bain. Le soir est venu. J'ai lu en mangeant des tartines de confiture, sous une ampoule jaune qui pendait du plafond. Je me suis couchée tôt, épuisée. Le chant d'un homme est monté depuis l'appartement voisin. C'était doux. Une berceuse, juste derrière le mur, qui a fondu dans mon sommeil.

Le lendemain de mon arrivée, à peine éveillée, j'ai cherché un plan de Paris au fond de mon sac. Un verre d'eau, une tartine et je suis partie pour le marché aux fleurs. C'était une magnifique journée de septembre. Plus tout à fait l'été, pas encore l'automne. Déjà l'air était frais, le vert des feuilles pâlissait, la lumière était douce. On frissonnait, les bras nus, il faisait encore trop chaud pour mettre un pull-over. Une saison en promettait une autre. C'était une fin toute tendre. J'ai marché le long de la Seine jusqu'à la place Louis-Lépine.

C'était là. Je suis entrée dans la grande serre pleine de verdure et de plantes exotiques.
— Je peux vous aider ?
L'homme me regardait, debout derrière un comptoir.

— Je voudrais des plantes.

— Quelles sortes de plantes?

— C'est pour un appartement.

— Des plantes vertes?

— Oui… peu importe.

L'homme eut un petit rire.

— Vous avez bien une idée tout de même, un budget, je ne sais pas…?

— Pas vraiment… Vous pouvez m'aider?

L'homme fit une moue dubitative. J'ai posé mon sac sur le comptoir.

— Dites-moi le nom de cet arbre, là.

— *Sparrmannia africana*, autrement dit «tilleul d'appartement».

— Je le prends. Et la plante, derrière?

— *Saintpaulia ionantha*, plus connue sous le nom de «violette d'Usambara».

— Dites-moi le nom des plantes que vous aimez.

Le fleuriste esquissa un sourire.

— Alors… *Tradescantia fluminensis*, communément appelée «misère».

— Non.

— C'est une guirlande de feuilles vertes et mauves, une splendeur…

— Non.

— Regardez…

— Non, vraiment.

L'homme allait et venait dans la boutique. J'ai fermé les yeux.

— *Codiaeum variegatum.*

— … et l'autre nom ?

— « Croton ».

— Non plus.

— *Dracaena marginata*, petit palm…

— Oui.

L'homme a esquissé un sourire complice.

— Un instant, mademoiselle…

Il s'est dirigé vers la porte. Il a tourné la pancarte pendue à une ventouse : *« Je reviens de suite. »*

À l'heure du déjeuner, un camion s'est garé le long du trottoir. Le livreur a déposé toutes les plantes dans la cour. Mme Petit se tenait debout devant la porte, les poings sur les hanches. Par ses fenêtres s'échappait un parfum de viande rôtie.

— Bonjour. Excusez-moi… Est-ce que votre mari pourrait m'aider à porter ces plantes chez moi ?

— Qu'est-ce que c'est que tout ça ?

— Mon emménagement.

Mme Petit écarquilla les yeux. J'ai bafouillé :

— Vous m'aviez dit que pour le « reste », je pourrais compter sur votre mari. Alors j'ai pensé...

— Vous avez bien fait, oui, bien sûr, le « reste »... dit-elle agacée. Maurice ! Viens voir.

La gardienne se pencha vers moi et me dit d'un air grave :

— Dites-moi, ça vous manque tant que ça la campagne, depuis hier ?

Le livreur et Maurice allaient et venaient les bras chargés de verdure. Dans le salon se formait un petit bosquet en pots. Contre la fenêtre un yucca, dont les feuilles touchaient presque le plafond. Par terre, des fougères, toutes jeunes ou déjà grosses comme cette « asperge africaine », également nommée « capillaire », dont le feuillage crépu se répandait au sol. Je lisais les étiquettes piquées dans la terre, je découvrais mes plantes une à une. Les couleurs des feuilles, leurs textures, leurs formes rondes, crantées, triangulaires. J'avais choisi des plantes à fleurs aussi. Les pétales rose pâle en forme de trompette : « gloxinia ». Les pétales jaunes :

«amaryllis». Les rouges : «azalée». Les orchidées : «phalaenopsis», «oncidium» ou «cambria» selon les formes et les couleurs. Et cette fleur aux allures de flocon de neige qui portait si joliment son nom : «spatiphillum wallisii». C'était ma nouvelle maison. Une maison privée d'angles, feuillue du sol au plafond, capitonnée de végétaux.

Le soir, le son d'un violoncelle est monté doucement. Les mêmes notes répétées, certains passages joués plusieurs fois. La mélodie revenait en arrière, juste à l'accroche, comme le crayon revient à ce point précis du dessin où la mine a dérapé. On gomme, on recommence, on file un peu plus loin. On se retourne à nouveau, on se rapproche. Plus tard, des voix chantées ont traversé la cloison, adoucies par l'épaisseur du feuillage. J'avais Mozart dans la jungle. La volupté d'une danse entre Karen Blixen et son amant, la plus belle scène de *Out of Africa*.

Très vite, tout l'immeuble a su que j'étais professeur d'anglais, et que j'allais enseigner au Conservatoire de musique. On me prenait pour une musicienne. Je démentais à regrets. Mme Petit hochait la tête avec respect : « La Villette, c'est intéressant, et en plus il y a un parc immense. Mes petites-filles, elles adorent. »

Au matin de mon troisième jour, j'ai ouvert l'enveloppe du Conservatoire. La courte lettre était suivie d'un plan du quartier, de mon emploi du temps et d'une brochure de présentation. Mes cours d'anglais commençaient le 10 octobre. Dans deux semaines. J'enseignerais une langue étrangère à des inconnus dans un lieu étranger. J'ai regardé le plan du conservatoire. Six feuilles agrafées. Quatre étages au-dessus du sol, deux au-dessous. Une multitude de spirales et de rayures, de lignes droites et de petits rectangles agglutinés les uns aux autres. Une cafétéria, un bar, des salles de classe et de concert, des studios de travail, des logements étudiants, des kilomètres d'escaliers et de couloirs.

J'ai glissé l'enveloppe dans un sac à dos. Je suis descendue dans le métro, j'ai acheté ma première carte orange. Neuf stations à parcourir, une petite courbe vers l'est. Je suis sortie par l'escalator, porte de Pantin.

Les pavés séchaient au soleil. La place était déserte. Il était midi.

J'ai vu des rails rouges enchevêtrés de pièces métalliques, des plaques de béton nu, des surfaces vitrées enchâssées dans le fer. J'ai déchiffré : « La Grande Halle », « Cité de la Musique ». Une promenade sous tôle ondulée fuyait dans la perspective. J'ai lu sur un panneau géant, inscrit en lettres capitales : BIENVENUE À LA VILLETTE.

Sur ma gauche, un espace vide. D'un côté le trottoir, où se croisaient les passants ; je me tenais là, immobile. En face, massive, l'austère blancheur du Conservatoire. Une passerelle enjambait des bassins d'eau noire et menait à l'entrée principale. Au fond, le soleil cognait contre la porte. J'ai traversé en plissant les yeux. Tout au bout, j'ai posé mon front contre la vitre. La porte était fermée. *« Veuillez entrer par la porte latérale. »*

Je suis revenue sur mes pas. J'ai contourné le bâtiment par la droite. Des gens entraient et sortaient, portant à la main, à l'épaule, sur le dos, des boîtes noires de tailles et de formes différentes. J'ai deviné les danseurs à leur port de tête, à leur démarche de canard, à leurs pieds en dehors. Je suis entrée.

Une vingtaine de vélos étaient appuyés contre des piliers. J'ai emprunté un couloir au hasard, poussé une porte. Un long comptoir me faisait face. Derrière, on répondait au téléphone, on entassait des brochures. La réception, sans doute. J'ai regardé autour de moi. Des balcons surplombaient un immense atrium. Un puits de lumière. J'ai cherché les graffitis, les affiches sauvages, les tracts collés à la hâte, les slogans en travers des murs. Rien. Les surfaces étaient propres et lisses. Le parquet luisait. Les dalles de pierre blanche étaient immaculées. Je me suis penchée par-dessus la balustrade. Plus bas, des étudiants buvaient, fumaient, bavardaient parmi les plantes vertes, assis sur de larges banquettes, les pieds sur la moquette grise.

J'ai pris l'escalier qui montait au premier étage. J'ai suivi le son d'une flûte. J'étais seule. J'ai traversé un balcon. Le long du couloir se succédaient des portes percées de petites lucarnes. La flûte était toute proche. Je me suis hissée sur la pointe des pieds, j'ai regardé par le carré de vitre. Dans un espace minuscule jouait une jeune fille aux cheveux blonds, le dos appuyé contre une fenêtre.

C'était un aquarium. Elle a levé les yeux vers moi. J'ai disparu. Quelque part, le chant d'un clavecin. J'ai entendu glisser un archet. J'avançais lentement. Des notes de piano, l'écho d'une trompette, un hautbois peut-être. Les sons se mêlaient, indistincts, dissonants. Devant chaque porte se détachait une mélodie particulière. J'osais un regard par la lucarne, les yeux d'un musicien me chassaient aussitôt ; je ne gardais qu'une image fugace, des bribes de musique. J'allais de sons en sons, de regards en regards. Je suis montée au deuxième étage. J'ai poussé des battants de portes, déambulé au hasard parmi les dédales de couloirs. J'allais de pièce en pièce, de chants en chants. J'avais le vertige. Je me suis adossée contre un mur. Face à moi, derrière une vitre immense, une jeune femme était debout. Elle regardait son corps dans un miroir. Un homme se tenait derrière elle. Elle releva ses cheveux. L'homme posa une main sur sa nuque et l'autre sous son menton. La jeune femme plia un bras. Elle appuya le violon contre sa joue. L'homme hochait la tête. Il souleva son autre bras à hauteur du visage. L'archet glissa sur les cordes. Ils regardaient leur silhouette dans le miroir. Ils souriaient.

— 'Scuse-moi, t'as pas une clop', s'il te plaît?

J'ai sursauté. L'étudiant a éclaté de rire.

— Je t'ai fait peur?

— Je... non, je ne fume pas. Désolée.

L'étudiant est parti. Je me suis retournée. Un rideau noir était tiré devant la vitre.

J'ai descendu l'escalier vers le petit bar tout en bas. Je regardais les étudiants par-dessus la rampe. Vus de là-haut, ils ressemblaient aux jeunes des couloirs de la fac. Ils riaient franchement, parlaient fort, se tapaient sur l'épaule. Ils portaient des jeans et des sacs à dos. Ils ne chantaient pas, ils ne dansaient pas. Ils tenaient dans leurs mains des sodas en canettes, des sandwichs, des cigarettes.

Un peu plus loin, les marches s'enfonçaient dans le béton. Les couloirs étaient sombres. Toutes les portes étaient fermées. J'ai lu les pancartes en plastique : «Espace Fleuret», «Salle d'orgue», «Art lyrique». Ça et là, des caissons couverts d'étiquettes aux noms exotiques : «Séoul», «Miami», «Cairo», «Buenos Aires». La grille d'un monte-charge était ouverte. Je suis entrée, j'ai appuyé sur le dernier bouton. La cabine est montée, très lentement, jusqu'au dernier étage. J'ai suivi un long couloir, poussé une porte. J'étais dehors. Depuis un coin de la terrasse, je regardais les vitres, les fumées, les voitures, les toits. Le vent volait dans mes cheveux. J'ai croisé les bras, remonté le col de ma chemise. Il faisait frais.

Le soir, comme les deux premiers soirs, mon voisin a joué du violoncelle. À quoi ressemblait-il, ce musicien ? Il n'y avait qu'à écouter. J'ai posé mon livre.

Ma mère m'a demandé des nouvelles de mon installation. À toutes les questions, j'ai donné la mauvaise réponse. Pas de machine à laver, pas de réfrigérateur, pas d'ustensiles de cuisine, pas de canapé ni de télévision, pas d'étagères, pas d'armoire, pas de table de nuit, de fauteuil, de rideaux.

— Qu'est-ce que tu as arrangé, alors ?
— J'ai acheté des plantes.
— Rien que des plantes ?
— Oui.

J'avais sept ou huit ans lorsque mes parents avaient acheté la maison de Gaillac, ils nous avaient laissées choisir la décoration de nos chambres. Une chambre rose « de princesse » pour Anne, une chambre bleue pour Camille.

— Et pour toi ?

— Un jardin.

Le samedi suivant on acheta des pinceaux, d'énormes pots de peinture blanche et verte, un tapis couleur d'herbe et plusieurs mètres de frises fleuries. On a repeint les murs au rouleau. Ma mère a couvert le sol de papier journal et déroulé les frises tout le long du plafond. Elle m'a tendu un pinceau.

— Maintenant c'est ton tour !

Elle avait dressé un escabeau au milieu de la pièce. J'ai peint d'énormes plantes, des arbres, des touffes d'herbe, j'ai couvert les murs de tiges, de feuilles et de racines. Ma mère déplaçait l'escabeau. Le dimanche soir, c'était fait : pour chambre, j'avais un jardin. Le soleil y entrait, je m'allongeais dessous pendant des heures. Au printemps, les platanes devant la fenêtre étaient pleins d'oiseaux. Leur feuillage bourdonnait d'abeilles et de moustiques. J'ouvrais en grand. Le pollen me faisait éternuer des nuits entières. Les mois passaient, le froid venait, les branches nues caressaient les vitres. Dans ma chambre de Gaillac, il n'y avait pas d'hiver. À Paris, le propriétaire de mon appartement avait été explicite : « Contre les murs, tout ce que vous voulez. Mais on ne touche pas à la peinture. »

Une semaine après mon arrivée, une locataire a placardé dans le hall d'entrée une liste de meubles à vendre. *« Pour cause de déménagement. »* J'ai frappé à sa porte. L'appartement était presque vide. Au milieu du salon, un petit canapé, un fauteuil mou, une lampe halogène, une vieille chaîne hi-fi. J'ai tout acheté. Ce n'était pas cher, et ça rassurerait ma mère. La locataire en partance me désigna, dans une autre pièce, un portemanteau, un minuscule frigo et quatre chaises. « Tenez, prenez ça aussi. J'en ai assez. » J'ai laissé les chaises.

— Où partez-vous ? ai-je demandé.

— Oh, pas loin.

— Vous n'êtes pas bien ici ?

— Je vis au-dessus de l'appartement de M. Vendello. Vous n'imaginez pas ce que c'est, je ne supporte plus la musique. Ça fait six mois. Je m'en vais.

Le 10 octobre j'ai donné mon premier cours. Ils étaient quinze, de dix-sept à vingt ans. Cinq chanteurs, dix musiciens et parmi eux un rouquin hilare. L'étudiant qui m'avait surprise à observer derrière une vitre, deux semaines auparavant, un professeur de violon et son élève. J'ai fait l'appel. J'ai enfin compris l'utilité de ce rituel des professeurs. Se donner l'illusion, pendant quelques secondes, d'une quelconque puissance. Noter les présents; consigner les absents. J'ai essayé de sourire. J'avais envie de leur dire qu'ils feraient tellement mieux de jouer de la musique, de chanter ou de danser. Je me suis présentée.

Par la porte entrouverte, imperceptiblement, le son d'un violoncelle est venu jusqu'à moi, léger comme un parfum, une vapeur de violoncelle. Je parlais et le son de ma voix disparaissait progressivement sous la mélodie familière, tant de fois entendue à travers la cloison de mon appartement, travaillée, retravaillée, disséquée par petits bouts, simplifiée, cent fois reprise.

— … and you might wish to study movies too…

C'était elle, tout entière.

— … I'm ready to take into account any suggestion…

Un long battement d'ailes. Des ailes de violoncelle, comment était-ce possible…

— Qu'est-ce que c'est?

Les étudiants eurent un mouvement de surprise.

— Excusez-moi… I'm sorry. Enfin, la musique, vous entendez?

Les étudiants regardèrent vers la porte, attentifs. Le rouquin ne me quittait pas des yeux.

— *The Swan*, miss. *Le Cygne*, de Saint-Saëns.

Le soir, je prenais le train pour la Normandie. J'ai préparé mon sac, traversé la cour de l'immeuble à toutes jambes.

— Il est parti, lui aussi, cria Mme Petit depuis sa fenêtre. Ce matin.

Je me suis retournée.

— Qui?

— M. Vendello, votre voisin. Le musicien.

La gardienne soupira.

— Tous en vacances ! Ça va pas être gai ici, ce week-end.

Mon sac tirait sur l'épaule, je montais lentement l'escalier. « Mademoiselle ! » cria la gardienne. Je me suis penchée par-dessus la rampe.

— J'ai oublié de vous dire : samedi, pendant que vous étiez en Normandie, vous avez reçu un colis. Il est à la loge.

— Je passerai le prendre. Merci, madame Petit.

J'ai monté les dernières marches. Je me rapprochais du son du violoncelle. Je suis entrée chez moi, j'ai laissé tomber mon sac dans l'entrée, j'ai fait couler un bain. Les yeux fermés, le nez au ras de l'eau, les oreilles plongées dans la mousse j'entendais, assourdi, l'archet glisser sur les cordes.

Certains disaient que Vendello venait de Florence à cause du vin qu'il buvait, quelques-uns prétendaient qu'il était né à Milan où la Scala aurait nourri sa vocation d'artiste, d'autres juraient que son accent évoquait de toute façon la Toscane. L'humeur était au consensus dès lors qu'on évoquait sa passion pour la musique. Il aurait rêvé de chanter dans les plus grands opéras du monde. Aucune polémique n'était possible quant à son amour pour Mozart. Au sujet de ses heures de gloire, il subsistait des petites querelles sans importance. La vie privée de Vendello suscitait des discussions autrement houleuses. Chacun y allait de confidences prétendument reçues de l'intéressé, de menus détails d'observation, de déductions abracadabrantes. Les rumeurs les plus fantaisistes circulaient sur les causes de la grande rupture de sa vie : la fin brutale de sa carrière à l'opéra. Maladie peut-être, accident, tragédie familiale ; il aurait perdu sa voix et quitté l'Italie.

On disait de Vendello qu'il n'avait emporté, dans son exil, qu'une petite valise et une housse noire. Le violoncelle et, selon Mme Petit qui vit la fermeture Éclair craquer sous le volume, une impressionnante collection d'enregistrements de Mozart. Un certain Teodoro Modilla, de dix ans son cadet, peu bavard et ne comprenant pas le français, l'aurait suivi. Vendello s'installa en France, dans l'immeuble de la rue Oberkampf. Pétri de douleur, il commença des études d'architecte. On prétend que c'est la musique qui l'a sauvé. Teodoro, lui, semblait dépérir d'ennui et de nostalgie. Un matin il y a deux ans, il serait parti avec la valise à fermeture Éclair sous le bras. On ne l'aurait jamais revu. Il aurait laissé à Vendello les disques de Mozart.

Je suis sortie du bain, je me suis séchée, j'ai enfilé un peignoir en sautillant sur le carrelage froid. J'ai plongé dans le canapé, ouvert mon courrier en croquant une pomme. On me remerciait déjà pour la « *merveilleuse nappe bleue brodée d'étoiles* ». Voilà donc ce que j'avais coché sur la liste de mariage de mon cousin. Les autres enveloppes contenaient des factures. Le répondeur clignotait. Une invitation à dîner la veille chez Alice, un message de ma sœur qui avait oublié son livre dans mes affaires, un appel du magasin hi-fi me prévenant de l'arrivée de ma commande. Je m'étais décidée la semaine précédente. J'avais essayé d'écouter mes disques allongée près des baffles, toutes portes closes ; mais il s'y mélangeait toujours le son du violoncelle ou bien Mozart. Dans l'immeuble, on pouvait se plaindre des bruits de vaisselle, des cris d'enfants, des plafonds grinçants ; pas de la musique de Vendello. J'avais acheté un casque.

Je me suis allongée sur le lit. J'ai lu d'un trait deux *Contes d'hiver* de Karen Blixen. J'ai éteint ma lampe sur les lumières tamisées du cabaret d'Héloïse. J'ai posé ma tête sur l'oreiller. Il faisait tiède sous la couette. Le sommeil me gagnait doucement.

Brusquement Mozart a surgi. Il était vingt-trois heures trente. Je me suis redressée. J'ai toqué trois fois contre le mur. J'ai attendu le pas de mon voisin. Il ne venait pas. J'ai tapé plus fort. Les chœurs de Westminster ont investi ma chambre. Ils ont entamé le Sanctus. Ils ont chanté le Benedictus. À l'Agnus Dei je me suis levée, frissonnante, jusqu'à la cuisine. À tâtons, j'ai cherché un crayon et un morceau de papier. J'ai griffonné sous le néon au-dessus de la gazinière :

Bonsoir,
Vous ne m'entendez pas cogner au mur. Je ne
peux pas dormir. Pourriez-vous baisser le volume ?
Merci

Votre voisine

J'ai enfilé un pull-over, ouvert ma porte.
Le couloir était vide. Je suis sortie sur la
pointe des pieds, j'ai glissé le papier sous la
porte de Vendello, je suis revenue sur mes
pas sans me retourner. Je me suis glissée dans
le lit. J'ai attendu quelques minutes. Le volume a soudain diminué. Des pas se sont
approchés des plinthes. On a toqué très doucement au mur. J'ai répondu trois petits
coups. Mon voisin était excusé. Il était minuit.

J'ai fermé les yeux dans le calme retrouvé.
Mon corps s'est engourdi. C'était bon de
sentir la tiédeur monter jusqu'à mon cou, le
sommeil anesthésier les courbatures d'une
longue marche sur les falaises normandes.
J'entrais dans ce moment où la pensée, épuisée, ne peut s'attacher à rien. Elle vagabon-
de, glisse d'une image à l'autre, et semble

s'évanouir. Je tombais dans le sommeil. J'étais à la lisière du rêve.

La sonnette a retenti. Elle s'est infiltrée dans mes songes, lointaine. Le deuxième coup de sonnette a crevé ma somnolence. J'étais réveillée.

Je suis restée immobile un moment, d'abord surprise, puis effrayée. Il était minuit dix. J'ai écarté la couette lentement. Je suis sortie du lit avec précautions, craignant que mon visiteur du soir ne m'entende. J'ai marché sans bruit, le cou tendu vers la porte d'entrée, claquant des dents. Le parquet a grincé sous mon pied. Je me suis immobilisée. De l'autre côté de la porte, on savait à présent que j'approchais. Une latte indiscrète m'avait trahie. Il fallait aller voir. Et peut-être ouvrir, si c'était un visage connu. Je ne pouvais pas prendre le temps de regarder à travers le judas, et décider de me rendormir si le visage découvert ne m'inspirait pas confiance. On savait que j'étais debout, bien éveillée. Connu ou inconnu, mon visiteur attendait que quelque chose se passe.

— Qui est-ce ? ai-je demandé.

— Votre voisin, a répondu une voix grave.

Voilà. J'allais le voir, tout d'un coup, face à moi. J'étais figée, au milieu du salon, les yeux rivés sur le verrou. Je n'avais jamais imaginé Vendello. Ni son visage ni son corps. Je ne savais pas s'il était petit, grand, mince, gros, beau, laid, ni beau ni laid. Je connaissais le bruit de son pas, je connaissais sa voix chantée, parlée, ses raclements de gorge, ses sifflotements du matin. J'ignorais la couleur de ses cheveux, de ses yeux, de sa peau. Je ne savais rien de sa carrure, de l'expression de son visage, je n'avais jamais vu son sourire, ses dents. Avait-il de belles mains ?

— Je vous dérange, peut-être…, murmura le voisin à travers la porte. Je vous ai réveillée ?

Douces voyelles à l'italienne, consonnes roulantes dans la gorge. Il ne pouvait pas être laid. Je suis restée sur ma latte grinçante.

— Je… non, je ne dormais pas. Ce n'est pas grave, juste un peu trop fort… enfin, baissez le volume, pour la prochaine fois.

— Je voulais m'excuser, mademoiselle. Votre appartement est vide depuis trois ans.

Vous êtes ma seule voisine. Je n'ai pas encore l'habitude, je suis désolé.

Je me suis approchée de la porte. J'ai posé la main sur le verrou.

— Ce n'est pas grave. J'avais du mal à m'endormir… Ne vous inquiétez pas.

— Puisque vous n'arrivez pas à dormir… s'il n'est pas trop tard… peut-être que je peux vous inviter à boire quelque chose ?

Minuit quinze. À quoi ressemblaient ses bras de violoncelliste, son torse de ténor ? Le corps contre le bois, je l'entendais presque respirer. J'ai fermé les yeux. Il était debout, à quelques centimètres à peine, il devait avoir froid sur le palier. Je grelottais. Peut-être aurais-je dû refuser l'invitation. Tout s'est joué dans ces quelques secondes d'hésitation. Pousser ou tirer le verrou, quelque part entre la peur et le désir.

— D'accord.

— Je vous attends.

Vendello a tourné les talons. Il a fait quelques pas, s'est arrêté. « Je laisse ouvert. » Je me suis hissée sur la pointe des pieds, j'ai regardé par le judas. Une silhouette aux larges épaules disparaissait à l'intérieur de l'appartement.

J'ai passé un pull-over par-dessus mon pyjama. Je suis sortie sur le palier. Je me suis approchée de la porte entrouverte, jusqu'au seuil. J'entendais, par l'embrasure, le chant très doux d'un chœur d'hommes.

J'ai poussé la porte. Il faisait tiède. Les lampes étaient éteintes. Des bougies étaient partout allumées. Au fond de la pièce, la baie vitrée multipliait les flammes qui vacillaient dans le courant d'air. Des formes imprécises se détachaient de l'obscurité, des ombres s'allongeaient au sol et sur les murs. Je respirais le parfum de la cire fondue. J'ai fermé les yeux. Je retrouvais l'odeur des chapelles. J'ai revu le visage stupéfait de ma mère lorsque, à douze ans, scolarisée à l'école de la République, éduquée par des parents athées et n'ayant jamais parlé de Dieu chez moi, j'avais demandé à être inscrite à l'aumônerie.

— Pour quoi faire ? avait demandé ma mère.

— Pour l'oratoire.

— Pour l'oratoire ? Qu'est-ce que tu veux dire ?

— Maman, c'est beau l'oratoire. Il y a des

bougies partout. Ça sent bon. Il y a des gens qui chantent.

— Tu connais un oratoire, toi ?

— Hier, le père de Cécile nous a emmenées à l'église. Il a dit que j'étais pas obligée de m'asseoir avec eux si je voulais pas. Il a dit : « Tu peux rester près de l'oratoire. »

Ma mère a avalé sa bouchée de pain.

— Et tu es restée là ?

— Oui.

— Tout le temps ?

— Tout le temps.

— Et tu veux y retourner ?

— Oui.

Ma mère a posé sa fourchette. Elle m'a regardée droit dans les yeux.

— Tu crois en Dieu, ma fille ?

— Non, maman.

— Alors je vais t'y emmener, à l'oratoire. Je ne t'inscrirai pas à l'aumônerie.

Elle s'est levée de table, a posé nos assiettes dans l'évier.

— Je vais t'y emmener, moi.

Ma mère m'a fait entrer dans toutes les églises du quartier. Elle s'est assise avec moi devant les oratoires de Paris, les chapelles de Normandie. Au milieu des croyants en prière, elle feuilletait un magazine ou lisait un roman. Moi, immobile sur ma chaise, les yeux fermés, je respirais la douce odeur de la cire fondue, dans le murmure des «Je vous salue Marie». Les gens allaient et venaient. Certains laissaient tomber une pièce dans le tronc, allumaient une bougie et sortaient. D'autres s'asseyaient comme moi. J'aurais pu rester là des heures mais la patience de ma mère finissait par s'émousser. «Allez, ma chérie, on y va», chuchotait-elle en fermant son sac à main. Il fallait ouvrir les yeux. Après la pénombre allait venir l'éblouissement. Je m'y préparais. Ma mère me pressait. «Dépêche-toi», insistait-elle. Je demandais quelques minutes encore. «Je t'attends dehors.» Ma mère se levait. Le bruit de ses talons résonnait jusqu'à la porte. Quand je ne les entendais plus, je comptais jusqu'à trois. J'ouvrais les yeux, tout d'un coup. Les paupières plissées, je regardais les centaines de flammes vaciller devant l'autel. Plus j'avais attendu, plus l'instant était magique. Surtout quand les chœurs d'enfants s'échappaient depuis la sacristie. Une fois, j'avais pleuré.

— Asseyez-vous, mademoiselle.

J'ai ouvert les yeux. La silhouette de Vendello se découpait à contre-jour au milieu de la pièce. Il était grand. Je me suis approchée. Il m'a tendu la main. J'ai tendu la mienne.

— Je suis heureux de vous rencontrer.

— Moi aussi.

Il me fallait lever la tête pour le regarder dans les yeux. Je me suis assise. Vendello a fermé la porte. Dans la lumière des flammes, son visage avait l'éclat du bronze. Il portait un pantalon sombre, une chemise blanche. Il marchait pieds nus. Il s'est assis à côté de moi. Il avait les yeux clairs ; dans la pénombre je n'en distinguais pas la couleur. Il a passé la main dans ses boucles poivre et sel.

— Il fait un peu chaud, ici, vous ne trouvez pas ?

— Ça va.

— Bon. Que voulez-vous boire ?

— Il paraît que vous aimez le vin de Florence ?

— Ça, c'est vrai. Je le fais venir d'Italie. Vous aimez ce vin ?

— Je n'en ai jamais goûté.

— Alors vous devez en boire. Je reviens.

Vendello s'est levé un bougeoir à la main, sa voix accompagnait la mélodie du chœur. Il a disparu dans la cuisine. J'ai regardé autour de moi. Une bibliothèque couvrait deux murs entiers de la pièce. Elle était remplie de livres dont je devinais à peine le dos. Dans la pénombre, quelques cadres aux photographies indistinctes. Sauf une, tout près de moi ; le visage d'un jeune homme au sourire triste, la joue appuyée sur la main, qui regardait droit dans mes yeux. Je me suis penchée pour lire :

Teodoro, il giorno dei suoi trent' anni.
Dopo avre spento le candelle. 12 marzo 1990

Posées sur le sol sous les étagères, des piles de 45 et 33 tours, une rangée de disques compacts et la chaîne hi-fi. À ma gauche la baie vitrée, et sous la baie un large bureau couvert de dossiers, de règles, d'équerres, de compas. Sur un mur en face de moi, un portrait de Mozart s'étirait du sol au plafond.

Vendello est entré un plateau à la main.

Il a versé le vin dans les verres. La lumière des bougies a dansé dedans.

— Mme Petit m'a dit que vous travaillez au Conservatoire.

— Depuis deux mois. À moi elle a dit que vous étiez architecte. Je ne m'en serais pas doutée.

Vendello a souri.

— J'enseigne un peu au Conservatoire. Le violoncelle. Quelques heures par semaine seulement. C'est curieux qu'on ne se soit jamais croisés.

— Nous sommes mille cinq cents…

— Pas dans l'immeuble.

Nous avons peu parlé. J'étais bien. Le vin m'engourdissait. Il faisait bon. Une demi-heure a passé, peut-être une heure. J'ai posé mon verre sur la table basse.

— Je vais aller me coucher. Je ne connais rien au vin, mais j'ai trouvé ça délicieux. Qu'est-ce que c'était?

— Un chianti, «Il Coltri Vigna Uno Melini» millésime 1992.

— Ah…

— Au nez, violette et glaïeul, foin et rappel d'épices. Goût plein, chaud, velouté, fond de confiture de mûre sauvage et de vanille.

Vendello éclata de rire.

— Ça n'a aucune importance, mademoiselle, j'arrête. C'est vrai que c'était bon.

Il s'est levé. Il m'a raccompagnée à la porte.

— Je vous promets de faire attention pour la musique. Bonne nuit !

— Bonne nuit.

Je suis rentrée chez moi en titubant un peu. Je me suis couchée. Derrière la cloison, le silence. Dans ma tête, les chœurs d'hommes chantaient tout bas.

Trois mois auparavant, je ne connaissais de Paris que ses lieux touristiques. Le plus difficile était de m'orienter en surface. Sous la terre, dans les couloirs du métro, je trouvais mon chemin. À l'air libre, j'étais vite perdue, sauf dans le onzième arrondissement et les alentours de la Villette. J'avais des yeux partout, je cognais les passants à force de regarder mon plan, une façade, le nom des rues. À présent, je me rendais sans réfléchir de la porte de mon appartement à celle du Conservatoire. Je traversais les couloirs du métro, je passais dans les rues presque sans lever le nez. Je ne m'inquiétais plus de la direction à prendre. Je marchais sans voir. C'était peut-être cela, ne plus être étrangère. Prendre pour horizon le bout de ses chaussures.

On commençait à me connaître dans mon quartier. J'y avais pris des habitudes. Les commerçants me saluaient, juste un petit sourire. Dans l'immeuble, on demandait de mes nouvelles, on s'inquiétait de mon installation, de mon acclimatation à Paris, de mon travail. On écoutait à peine les réponses, mais ça n'avait pas d'importance. Mme Petit m'arrêtait dans l'escalier ou dans la cour, commentait la couleur du ciel et les informations du jour, me donnait des nouvelles de son mari et d'elle-même, m'énumérant sans fin les maux de son corps vieillissant. Ensuite, elle me posait toujours la même question :

— Et vous, comment ça va ? On fait aller ?

Mme Petit se souciait de chaque habitant de l'immeuble. Quand ils allaient bien, tout était en ordre. Je lui faisais toujours la même réponse :

— Ça va bien, merci.

Elle soupirait, soulagée, et me souhaitait une bonne journée.

Autour de chez moi, j'avais découvert un marché pour le dimanche matin, un square pour les jours de soleil, et surtout, Rougier & Plé. Le magasin faisait face au Cirque d'Hiver. On y trouvait tous les outils et les accessoires dont un artiste pouvait avoir besoin. Mis à part un chevalet, je n'avais rien gardé de mes années de province. J'avais acheté des pinceaux, de la couleur et de la toile. Je m'étais promenée dans les étages du magasin, parmi les pinces à mosaïque et les carreaux multicolores, les vernis, les tubes et les pots de peinture, les moules et les sacs de plâtre ou d'argile, les pâtes à modeler, les feutres, les papiers, les cartons, les cadres, la cire à bougie, les colles. J'attrapais des objets de formes et de matières étranges. Toutes ces choses allaient devenir miroir, cadre, sculpture, tableau, moulage, vase, gravure, coussin. Les œuvres d'art étaient là, en petits morceaux. Des étudiants déambulaient dans les allées. Les plus jeunes, une liste à la main, essayaient d'associer un nom à un objet. Les autres, qui passaient peut-être la vingtaine, entraient le plus souvent un carton à dessin sous le bras et grimpaient les marches à toute vitesse. Ils connaissaient les lieux. J'aimais observer ceux que rien ne pressait. Ils s'arrêtaient longtemps devant un rayon, pensifs, hésitants. Ils regardaient, palpaient, retournaient, secouaient les objets, les transformant par avance. Ils étaient déjà à l'œuvre. Ils entendaient peut-être le glissement du pinceau sur la toile, le bruit sec des carreaux qu'on casse, l'ouverture métallique des pots de peinture qu'on fait sauter au tournevis ou à la cuiller, le frottement du papier de verre sur le bois, le modelage de l'argile mouillée. Ils descendaient lentement l'escalier vers les caisses. En marchant, ils regardaient dans leurs mains le bois, le verre, les pots de peinture, le pinceau; ils en faisaient encore l'étude. Ils ne levaient les yeux qu'au rez-de-chaussée. Arrivés là, ils ralentissaient le pas, s'arrêtaient. Certains remontaient l'escalier, changeaient d'idée ou repartaient les mains vides. D'autres sortaient leur portefeuille. Là je ne les regardais plus. Je retournais souvent chez Rougier & Plé. J'évitais le samedi après-midi ; la foule était dense, on n'avait plus le droit de rien toucher. Il fallait s'approcher très près pour distinguer, dans les rayons, les matières, les couleurs et les formes.

Ma mère téléphonait au moins une fois tous les deux jours. Elle demandait des nouvelles de mon travail. Je ne savais qu'en dire. J'étais décontenancée par mes élèves. J'avais beau me répéter qu'ils avaient les intérêts, les doutes et les questions de leur âge, je me sentais démunie devant eux. Il me semblait que nos rapports auraient dû s'inverser, que c'était à eux de m'apprendre quelque chose. Je ne pouvais pas prétendre faire classe d'anglais à des espèces de petits dieux.

Avec ma mère, il était facile d'éviter le sujet du travail. Sa première préoccupation était l'état de ma vie sociale. Elle demandait si je sortais de chez moi, si j'étais invitée de temps en temps, si les gens du Conservatoire étaient accueillants. En province, j'avais peu d'amis. À Paris, je n'en avais pas. Ma mère aurait sans doute été rassurée de savoir que j'étais en bons termes avec mon voisin. Mais j'ai gardé Vendello pour moi seule. Avant mon départ on m'avait donné quelques adresses, le nom d'une sœur, d'une tante, d'une amie d'amie, quelques numéros de téléphone. Pour faire plaisir à ma mère, je les avais notés dans un petit carnet à spirale. Je n'avais appelé personne. On m'a dit que j'étais stupide, qu'on n'était jamais aussi seul que dans une grande ville.

— Ça ne coûte rien d'appeler. Il faut bien rencontrer des gens…

— J'en rencontre partout, maman.

N'en déplaise à ma mère, je pouvais vivre des semaines en autarcie sans être malheureuse.

— Des gens sur qui on peut compter. On ne sait pas, on peut toujours avoir besoin…

— Ne t'inquiète pas, je te promets que tout va bien.

Si je devais avoir besoin de quelqu'un, ça pouvait aussi bien être de cette femme assise en face de moi dans le métro, ce matin, que de cet homme souriant dans la queue à la boulangerie, de mes voisins d'étage, de mon dentiste, de la jeune fille qui m'avait bousculée à la sortie du cinéma la veille. Ça pouvait être de n'importe qui.

— J'insiste, mais tu sais, si on ne fait pas un pas vers les autres… Il faut les chercher, les gens. Les amis, ça ne tombe pas du ciel.

Si, justement. Je n'avais jamais pu «essayer de me faire des amis». Ils s'imposaient à moi. Quand j'avais dix ans, on m'invitait à jouer avec Sandrine parce qu'on faisait de la danse ensemble. Au regard de nos parents, c'était une raison suffisante pour que je lui consacre tous mes lundis soir. On invitait aussi Hélène parce que c'était la fille des voisins. Elle m'ennuyait à mourir. Le pire, c'était Laurence, ma cousine, qu'on m'avait imposée trois semaines pendant les grandes vacances, sous prétexte qu'on avait le même âge. Je répétais en vain à ma mère :

— J'ai pas envie, s'il te plaît.

— Allons, fais un petit effort…

Elle me souriait. Je trouvais ça affreux, «faire un effort». Même petit. Je le faisais pour elle, l'effort. Par amour pour ma mère.

Nina et moi, c'était une autre histoire. J'étais nouvelle au collège. J'avais quatorze ans. Nous étions arrivées en retard dans la salle de classe, l'une derrière l'autre, le premier jour de la rentrée. Nous nous étions assises à la même table, près de la porte. Nous avons sorti nos trousses et nos cahiers, épelé nos noms, et commencé à remplir les fiches individuelles distribuées par le professeur. Nina était assise à ma droite. Elle était gauchère. Nous avons complété nos emplois du temps tournées vers l'extérieur de la table, chacune prenant le moins d'espace possible — jambes croisées, tête penchée, buste de trois quarts — pour ne pas gêner l'autre. Nous nous tournions presque le dos. Figures siamoises. Quand la sonnerie a retenti, les élèves se sont rués dehors. Je suis sortie à mon tour. On m'attrapa le bras. C'était Nina :

— Tiens, c'est pour toi, dit-elle en mettant un livre entre mes mains.

— C'est quoi ?

— *Le Grand Meaulnes.*

— Le grand quoi ?

Elle a disparu dans l'escalier. J'ai lu *Le Grand Meaulnes.* Nina et moi, on ne s'est plus quittées.

Pierre, je l'avais rencontré dans un bus entre Toulouse et Albi. J'avais seize ans. C'était les vacances de Pâques. Je somnolais, un walkman sur les oreilles. Il faisait des exercices de maths, assis à côté de moi, les annales du bac posées sur les genoux. Je me rappelle ses affreuses lunettes carrées. Le col de chemise boutonné jusqu'en haut du cou, les sourcils froncés, la calculatrice à la main, il ressemblait à un vieil expert comptable. Un accident perturbait la circulation. Le bus accélérait et freinait brusquement, poussait de grands soupirs. Il faisait chaud. Nous roulions depuis plus d'une heure. Pierre m'a tendu une bouteille de jus d'orange et une plaquette de chocolat.

— Tu me fais écouter ta musique?

— C'est pas de la musique.

— Ah, qu'est-ce que c'est?

— *Les lettres de mon moulin.*

Il a écarquillé les yeux.

— Tu te fous de moi?

— J'adore ça. «Le secret de maître Cornille», surtout.

— C'est le meunier qui met du plâtre dans ses sacs de farine pour faire croire que son moulin marche encore, alors que plus personne ne s'en sert, c'est ça?

— Oui.

Pierre a éclaté de rire.

— Fais-moi écouter.

Il a pris une oreillette, il a écouté toute la cassette. On s'est endormis comme ça, de part et d'autre du fil. On s'est réveillés front contre front. Pendant des années. Étudiant, il dormait sur mon sommier, je m'allongeais sur le matelas posé par terre. On parlait jusqu'au sommeil. La nuit, il se réveillait quelquefois. Il arrangeait sur moi la couverture, tirait le drap sur mes épaules découvertes. Je m'éveillais, il ne le savait pas. Je restais immobile. Il croyait me regarder dormir.

Je n'avais pas choisi Nina, je n'avais pas choisi Pierre, je ne choisirais pas Vendello. Je n'appellerais aucun des noms du calepin à spirale.

Vendello et moi nous étions vraiment parlé une seule fois. Étrangement, depuis notre rencontre, il ne se passait pas un jour sans que je l'aperçoive dans un couloir, dévalant l'escalier ou traversant la cour. Il sonnait quelquefois pour m'emprunter du sucre, du papier, un marteau. Je connaissais la couleur de son pyjama, ses vêtements de sport et ses tenues de soirée, son visage rasé de près et sa barbe de quelques jours. Il m'avait vue en peignoir au sortir de la douche, claquant des dents dans le courant d'air de la porte entrouverte, et en chemise de nuit aussi, les yeux cernés et les cheveux pleins de sommeil. Nous nous rendions de menus services qui n'engagent à rien. Je me disais qu'un gentil voisin, c'était sans doute comme un bon oreiller de plume, un téléphone sans fil, un four à micro-ondes : un confort supplémentaire.

Le lendemain soir de notre rencontre, allongée dans mon lit, je guettais le son du violoncelle et de Mozart. Il était déjà tard. J'attendais. Je craignais que depuis la veille quelque chose ait changé, et qu'il faille me coucher dans le silence. En Normandie, je ne pouvais pas imaginer m'endormir sans le vent, ses rafales tournantes, son sifflement sous les volets, les craquements de la baraque. En vacances en Provence, je me levais et me couchais dans le chant incessant des oiseaux, des cigales, des bruissements d'insectes ; au matin, le vacarme des pies sous les tuiles m'éveillait avant le soleil. Septembre venait, je retournais à la ville et à d'autres bruits. Je pouvais deviner à l'oreille Toulouse et le village de ma mère, reconnaître Paris au rythme des pas sur le trottoir, à la vitesse des voitures sur la chaussée, aux jurons des automobilistes. La campagne tintait différemment dans le Nord et dans le Sud. Il y avait une géographie sonore. Et puis Mozart est monté doucement. Rien n'avait changé. J'ai tapé trois coups à la cloison. Je me suis endormie.

Un matin, j'ai glissé un petit carton dans la boîte aux lettres de Vendello. Je voulais l'inviter à prendre un verre avant le dîner. En quelque sorte, j'accomplissais un devoir. Le soir, le petit carton retourné était épinglé à ma porte : « Oui. »

Je chantonnais en épluchant les radis roses, assise dans ma cuisine. Juste « Oui ». Je me souviens les avoir disposés dans un bol presque avec tendresse. J'ai posé le bol sur la table basse en esquissant un pas de danse. « Oui », c'était écrit sur le dos de l'invitation. Vendello aimait les bougies, j'ai allumé de petits photophores au salon. J'ai passé une robe rouge parce que mes cheveux sont noirs. J'ai relevé mes cheveux en chignon parce qu'on disait que ma nuque était jolie. Je n'attachais jamais mes cheveux, par flemme sans doute. J'ai fouillé dans mon sac à main, j'en ai tiré un tube de rouge à lèvres. Et tout en limant mes ongles jamais limés, en attendant l'heure, les jambes croisées au fond du canapé, je me suis dit : « Il ne restera pas tard. Je suis fatiguée. » Les mots ont tourné en boucle dans ma tête, au rythme lent des aiguilles de ma montre ; j'étais le temps qui passe. J'ai décroisé mes jambes, je les ai recroisées. J'ai redressé mon dos. « Il ne restera pas tard, je suis fatiguée. » J'ai poussé un peu le cendrier blanc. Sur la petite table traînait une carte postale, envoyée du Bénin par ma sœur Anne. Je l'ai relue sans comprendre, et enfermée dans un tiroir. J'ai longuement regardé dehors les grands yeux vides de la nuit tombée. « Il ne restera pas tard. »

Le téléphone a sonné. Plusieurs fois. Encore et encore. Le répondeur s'est déclenché.

« Oh non me dis pas que tu es partie ! C'est Nina, je viens d'arriver à Paris, je suis à la gare de Lyon, je sais pas très bien où aller... Tu me rappelles ?... »

Je me suis précipitée sur le combiné.

— Nina?

— Tu es là, merci tu es là, comme c'est bon de t'entendre, pourquoi tu ne répondais pas, bon Dieu?

— Mais qu'est-ce que tu fais à Paris?

— J'ai quitté Rémi.

— Quoi?

— Je suis partie hier soir; je peux venir?

J'ai regardé ma montre, les bougies qui se consumaient, antique mesure du temps qui s'écoule. Vendello allait sonner.

— J'attends quelqu'un, Nina, pas maintenant. Dans... disons deux heures, d'accord?

— Deux heures? Mais qu'est-ce que je vais faire pendant deux heures?

— Je suis désolée. Rappelle-moi, je viendrai te chercher.

J'ai raccroché. La souffrance de Nina contre un apéritif avec mon voisin. Je me suis regardée, immobile, dans la longue glace près de la porte. J'étais belle. Mes ongles limés, ma bouche coquelicot, ma robe cintrée, ma nuque douce sous mes cheveux relevés, la lumière des bougies... J'ai couru à la salle de bains, j'ai furieusement frotté mes lèvres et arraché les épingles de mes cheveux; j'ai dégrafé ma robe, le tissu s'est déchiré, je l'ai jetée loin de moi. J'ai enfilé un jean, passé un pull-over, soufflé sur les bougies, allumé tous les interrupteurs. On a sonné. C'était Vendello. J'avais le souffle court. J'ai respiré lentement, les yeux fermés.

J'ai ouvert. Vendello a dit : « Bonsoir, mademoiselle. » Alors tout s'est arrondi en moi, et ma main dans sa main s'est glissée. Il a ri, j'ai ri un peu. Il est entré. Je l'ai suivi. Il m'a tendu son manteau, je l'ai accroché derrière moi. Il s'est assis, moi aussi. Bleus. Ses yeux étaient bleus.

— Je peux vous offrir quelque chose ?

En me levant j'ai renversé la cire fondue des bougies ; je me suis brûlée, j'ai grimacé de douleur, souri d'embarras. Son sourire à lui ne dissimulait aucune gêne.

— Restez assise, vous êtes fatiguée. Dites-moi où sont les verres et les bouteilles, d'accord ?

— D'accord. Dans la cuisine, le placard au-dessus du frigo, il y a des verres. De la glace dans le freezer, des bouteilles sous l'évier. Enfin si vous voulez de l'alcool bien sûr, autrement il y a du jus de fruits je crois, dans le placard de droite. Ou de gauche. Sinon vous en trou…

— J'ai tout ce qu'il me faut !

Les portes des placards s'ouvraient et se fermaient. J'entendais des chocs d'assiettes et de couverts.

— Vous trouvez ?

— Écoutez.

Les glaçons sont tombés dans les verres.

— Whisky ?

— Whisky.

Vendello a sorti plusieurs bouteilles. Elles tintaient contre le carrelage. Il en a posé une près de l'évier, a dévissé le bouchon, versé le whisky, ajouté un peu d'eau fraîche. Il est entré au salon les verres à la main et s'est assis en face moi. J'ai pris le verre qu'il me tendait.

— À quoi buvons-nous, mademoiselle ?

— Je ne sais pas.

— Vous n'avez rien à fêter ?

— Pas vraiment.

— Alors… à tous les lundis soir ! Qu'ils soient aussi charmants.

La fête, je n'avais pas l'habitude. J'étais fatiguée, il ne partirait pas tard. Le silence est venu. Vendello regardait une de mes aquarelles. Il avait les cils très longs, très noirs. Il faisait tourner le whisky, remuait les glaçons, approchait le verre de ses lèvres. Il buvait, je suivais le trajet de sa pomme d'Adam. Il croquait des radis. J'observais le mouvement de ses mâchoires. Il souriait. La peau se fronçait en petites rides au coin de ses yeux.

— Vous aimez les plantes ? demanda Vendello en se levant.

J'ai presque renversé mon verre. Nous étions chez moi. J'avais oublié. J'ai rougi. Vendello touchait les feuilles d'un grand ficus penché vers la fenêtre. Je lui ai dit le nom de mes plantes, de toutes mes plantes ; celles du salon, celles de la cuisine, celles du couloir, les plantes en pot devant les fenêtres et les géraniums qui résistaient à l'hiver, les arbustes dans l'entrée, les bouquets de fleurs dans ma chambre et sur la table de la cuisine, les fleurs séchées piquées sur la mousse et les pétales épars dans les paniers d'osier. J'ai retourné les étiquettes où figuraient encore les noms latins. Il me suivait en hochant la tête, je voulais qu'il parte et je voulais qu'il reste, qu'il ne dise rien, qu'il me parle encore et qu'il s'en aille tout de suite, qu'il insiste pour boire un autre verre.

— ... et les œillets rouges. Mes préférées. Voilà.

Il s'est penché sur les fleurs fraîches.

— Je crois que je vais vous laisser. Vous êtes fatiguée.

— Je ne vous chasse pas, je...

— ... pas trop à la fois ! Mozart et moi vous laisserons dormir.

— Alors... bonsoir.

Vendello décrocha son manteau, ouvrit la porte et me tendit la main.

— À propos, mademoiselle, tout à l'heure... une robe rouge était par terre, près de la salle de bains. Je me suis permis de l'accrocher à la poignée de porte.

Tous les soirs, je rentrais chez moi épuisée. C'était d'abord un trajet étouffant, debout dans un wagon de métro bondé. Portes qui s'ouvrent. Crainte des mains qui se frôlent, des ventres qui se touchent, sourires embarrassés, regards fuyants ; foules serrées, pêle-mêle de chevelures, d'haleines, de pieds maladroits qui se heurtent. Portes qui se ferment. Sage balancement des corps fatigués comme la vague, soubresauts du convoi qui s'ébranle. Batailles muettes ; minutieuse surveillance des sièges qui se libèrent, bruissements d'humeur à l'arrivée dans les stations, précipitations l'air de rien contre les strapontins relevés. Petites haines contenues, accord tacite des lassitudes, silence des êtres anonymes. Ne pas remuer ; ne pas parler ; ne pas sourire ; ne pas regarder. Se fondre dans l'ensemble, ne déranger personne. Devenir citadine jusqu'au tréfonds de l'âme. Il faisait déjà nuit noire lorsque je parvenais à la surface. Je montais les marches la tête vide. Un jour ce serait le printemps, puis l'été. Je rentrerais à pied, avec devant moi de longues heures de soleil.

Ce soir-là, je marchais au milieu des lumières. Noël approchait. Des guirlandes pendaient aux arbres. Les vitrines étaient blanchies de dessins au pochoir, des étoiles balançaient aux comptoirs, des Pères Noël multicolores étaient collés aux caisses enregistreuses. Des néons clignotaient dans la nuit. J'ai monté lentement les marches, comme en rêve. Aux deux premiers paliers, enroulée autour d'une branche, une guirlande s'appuyait contre les fenêtres. L'intensité de la lumière diminuait d'étage en étage. Au quatrième, il n'en restait qu'une pâle lueur mêlée à l'éclairage des lampadaires. J'ai sorti mes clés, ouvert la porte, jeté mon sac sur le canapé. Depuis la fenêtre de ma chambre, un parterre de bulbes jaunes semblait couvrir la rue. J'ai ôté une chaussure puis l'autre. J'ai tendu le bras vers l'interrupteur, ma chaussure gauche à la main, j'ai allumé. Un papier blanc flottait autour du talon.

Mademoiselle,
Je crois que vous aimez la musique. Un ami devait m'accompagner à l'Opéra ce soir. Il est malade. J'ai une place pour vous, si vous voulez. Don Giovanni, 19h30, place de la Bastille.
Je passerai vous chercher vers 18h30.

Vendello

J'ai regardé ma montre. Il était presque l'heure. Je n'avais pas de courage. J'avais Mozart pour moi presque chaque nuit, sans effort, à travers la cloison, quelquefois même jusque dans mon sommeil. Pourquoi aller le chercher si loin ? Je n'avais pas ôté mon manteau, mes gants, mon écharpe, mon béret brillant de pluie. La porte était

74

encore ouverte sur un courant d'air glacé. J'étais debout, pieds nus. Je tenais dans une main ma chaussure, dans l'autre le papier déchiré. Les guirlandes clignotaient faiblement par la fenêtre du couloir. Sous mes doigts humides, l'encre fondait en auréoles grises.

— Je vois que vous êtes prête à sortir, nous allons être juste à l'heure !

J'ai levé la tête. Vendello s'avançait vers moi, un peu essoufflé. Il tenait à la main un bouquet d'œillets rouges.

— Des œillets... Vous vous êtes rappelé des œillets rouges...

— Vous comptez m'accompagner pieds nus ?

— Je... Non, j'arrive, juste le temps de trouver la deuxième chaussure... Ah, la clé... mon sac, où est mon sac ? Voilà ! Je suis prête.

— Le bouquet ?

— Le bouquet, bien sûr... Je l'emmène.

Il bruinait. Nous marchions sans parapluie, la tête baissée, les yeux plissés, courant pour traverser les rues. Je serrais les fleurs contre ma poitrine, le nez dans les pétales mouillés. Vendello avait passé le bras autour de mes épaules, il me frayait un passage parmi les piétons pressés. Nous sommes descendus dans le métro. J'ai secoué mon béret. Nous sommes entrés dans un wagon presque vide et nous sommes assis sur les strapontins. Le métro s'est ébranlé. Je n'étais jamais allée à l'Opéra. Le train traversait les stations l'une après l'autre. Je regardais mon plan de métro. J'essayais de retrouver les noms des personnages. Sganarelle, Mathurine, Elvire… et puis? Non, c'était Molière. Mais Mozart? Je me suis tournée vers Vendello :

— Pourquoi m'avez-vous invitée?

— J'en avais envie.

Quand nous sommes sortis du métro, il pleuvait des cordes.

Nous avons monté l'escalier vers le vestiaire, acheté un programme, piétiné quelques minutes dans la foule élégante. Nous sommes entrés dans la salle. Elle ressemblait à un immense vaisseau surplombé de balcons successifs, jusqu'au plafond. J'étais incapable d'en mesurer la hauteur. Devant nous, un mur sombre fermait la scène. Il faisait presque noir.

— Attention à vos pieds, vous allez tomber.

Vendello a pris ma main. Nous descendions vers l'orchestre. Troisième rang. Je me suis retournée.

«Regardez!» ai-je chuchoté. Ils étaient des milliers, assis, debout, lisant, parlant, feuilletant. Très loin, plusieurs étages au-dessus, des hommes se penchaient par-dessus les balustrades. Vendello a rejoint l'allée, j'ai ouvert le programme : Leporello, Zerlina, Elvira... Vendello m'a fait un signe de la main :

— Venez voir, il n'y a personne encore.

Je me suis approchée de la fosse. Des dizaines de chaises vides et de pupitres attendaient devant le podium du chef d'orchestre ; un clavecin était installé sur une petite scène.

— Ici joueront les vingt et un violons. Là, les huit altos. Plus loin, ce seront les cuivres... Vous voyez ?

Vendello décrivait pour moi l'invisible. Je l'écoutais. Tandis qu'il parlait j'ai aperçu, isolées dans le fond du grand trou, penchées les unes vers les autres comme dans un mouvement de tendresse, quatre contre-basses qui attendaient leurs musiciens.

— Allons nous asseoir.

— Est-ce qu'on peut regarder l'entrée de l'orchestre ?

Vendello ne m'a pas entendue. À quelques pas de moi, il serrait la main d'un homme en habit. « Le chef d'orchestre », murmura-t-il.

Nous nous sommes assis. Le brouhaha des instruments a fait écho à celui de la salle. L'air frémissait du frottement des cordes, il y avait une tension sonore semblable aux minutes qui précèdent l'orage en été, un bourdonnement intense mêlé de cris de frayeur, un grondement venu du fond de la terre ; et tout d'un coup, comme de grandes mains plaquées sur la bouche, les deux accords de l'ouverture. Ensuite, trois secondes de silence. J'avais le souffle court. Mon cœur battait à vide. Vendello me regardait. J'ai détourné les yeux ; les siens ne me quittaient pas. Le son des cordes est monté. Les violons haletaient, tour à tour doux et violents, laissant présager dès les premières mesures la tragédie finale. Les cuivres et les cordes ont entamé un long dialogue. Ils se fondaient par moments ; puis ils se disputaient l'espace jusque dans mon ventre. Après plusieurs minutes, les violons se sont apaisés. J'étais épuisée. Vendello souriait.

Alors le mur noir s'est levé. Leporello chantait, coincé sur une échelle devant la demeure du Commandeur, attendant le retour de son maître. *E non voglio più servir.* Par moments, je fermais les yeux. Les voix n'appartenaient plus à personne. Elles étaient instruments parmi les autres instruments. Elles n'avaient plus de visage et je les préférais ainsi. Elles se joignaient à l'orchestre invisible dans la fosse et chantaient en moi. Je ne comprenais pas l'italien. Ça n'avait pas d'importance. La musique me parlait une langue familière. Mon corps lui répondait.

Un moment, Don Ottavio, resté seul, s'est approché jusqu'au bord de la scène. Les lumières se sont éteintes, sauf une, toute petite, au-dessus de lui. Il s'est agenouillé. Il a regardé au fond de mes yeux. Je n'avais jamais entendu de voix d'homme si profonde et si claire à la fois. C'était un fleuve ; son voyage de la source à la mer ; à peine un filet sous la roche, puis un ruisseau frémissant, une eau de rivière en tumulte, un fleuve lourd enfin dans la plaine, cherchant à se fondre dans la mer. Il s'est tu. J'étais comme liquide.

Les gens se sont levés d'un coup. C'était l'entracte. J'ai cherché le programme sous mon siège. «Charles Workman : Don Ottavio, ténor.» Ténor. Ténu et fort.

— Une coupe de champagne, ragazza?

Nous sommes sortis dans le hall, j'ai attendu Vendello contre un pilier. Les gens passaient, radieux, aimables, enchantés. Vendello est revenu en fredonnant. Nous nous sommes écartés du bar.

— Qu'est-ce que vous chantiez à l'Opéra?

— Ce que je chantais… Devinez…! Mozart. Pas seulement, mais surtout Mozart.

— Don Giovanni?

— Non, j'étais ténor. Don Ottavio. C'est loin, tout ça.

— Loin comment?

— 1977 la dernière fois. La Scala. J'avais… vingt-neuf ans.

Des hommes et des femmes nous frôlaient. Beaucoup se retournaient. Certains souriaient à Vendello de loin, faisaient un signe de la tête, d'autres venaient lui serrer la main.

— Allez rejoindre vos amis, je vous retrouverai dans la salle.

Vendello se mit à rire.

— Ne vous inquiétez pas, je ne me souviens pas de la moitié d'entre eux.

— Comment ça… ?

— Je vais poser les verres. Je vous rejoins à l'intérieur dans cinq minutes.

Le grand mur noir s'est à nouveau levé. Dès les premières notes, la main de Vendello dansait sur l'accoudoir, l'index tendu comme la baguette du chef d'orchestre. J'ai longtemps regardé ces trois phalanges suivre le tempo général, se dresser en point d'interrogation et se suspendre dans les airs, s'agiter avec l'âme de Donna Anna, et retomber, en se balançant comme une plume, sur le velours. Le poignet, le bras, l'épaule étaient immobiles. Les lèvres de Vendello remuaient. Donna Elvira prenait pitié de Don Giovanni, Leporello revêtait les habits de son maître, Zerlina et Masetto se réconciliaient, Don Ottavio demandait la main de sa fiancée. Vendello connaissait tout le livret par cœur. Il gardait les yeux clos. D'autres que moi auraient pu croire qu'il dormait. Il fallait être assis là, tout contre lui, pour percevoir cette minuscule articulation de la bouche, ce discret mouvement du doigt. Don Giovanni a brûlé en enfer.

Vendello a ouvert les yeux. Il a rencontré les miens. Nous sommes restés là, silencieux, pendant que se vidait le vaisseau de l'Opéra et la fosse de l'orchestre. Le mur était retombé devant la scène, les lumières s'éteignaient une à une. Le silence se faisait. Étouffé par les grandes portes, un vague murmure venait de l'extérieur.

— Merci, ai-je chuchoté.

Dehors, il ne pleuvait plus. Nous avons voyagé sans parler jusqu'à l'immeuble. Nous avons grimpé l'escalier sur la pointe des pieds en nous tenant à la rampe. Nos mains se sont frôlées. J'ai sorti mes clés et Vendello les siennes. Je suis rentrée chez moi. Au moment où je me retournais pour fermer ma porte, Vendello poussait la sienne.

— Bonne nuit, ragazza !

— Bonne nuit.

J'ai attendu le bruit du verrou que l'on pousse. Ensuite, j'ai poussé le mien.

II

Noël est arrivé.

J'ai pris un train à midi. Il gelait ce jour-là. Dans le wagon, les climatiseurs fonctionnaient mal. Ils crachaient un air humide et froid qui transperce la laine, colle à la peau et s'y accroche. J'ai gardé mon manteau boutonné, j'ai à peine relâché le nœud de mon écharpe. J'avais les pieds glacés d'avoir couru dans les flaques devant la gare. Le train s'est mis en marche, mouillé dehors, mouillé dedans. Une buée blanche a peu à peu grignoté les vitres. Derrière, je devinais les contours confus de la ville, toute voilée de brume et de fumées.

Ma mère, mes deux sœurs Anne et Camille m'attendaient à Toulouse. Je n'y étais pas retournée depuis septembre. J'aurais dû me réjouir de les retrouver, de rentrer chez moi. Mais la douce grisaille au-dehors convenait bien à mon humeur. Il a plu tout le long du trajet. À Toulouse, il pleuvait encore. J'ai marché quelques mètres à ciel ouvert sur le parking, plissant les yeux entre les gouttes, la main en visière, à la recherche de la voiture de ma mère. En ouvrant la portière, j'étais trempée.

«Voilà la plus belle!» cria ma mère, grimaçant et riant sous les trombes d'eau. «Je vais ouvrir le coffre!» Elle jeta la valise et se précipita dans la voiture. «En route!» Assise au volant, elle m'embrassa bruyamment, ébouriffa mes cheveux et démarra. Elle poussa le bouton du chauffage à fond. La buée reflua sur les bords du pare-brise. Ma mère était intarissable. Elle me dévisageait à chaque feu rouge, détaillait mes vêtements, mes mains, mes doigts, promenait son regard de mon front à mes genoux. Elle disait que j'avais bonne mine, me reprochait d'avoir maigri. Elle me serrait contre elle, affirmait que j'avais changé et que je ressemblais à une Parisienne.

— Maman, n'exagère pas.

— Si, je t'assure ! Tu ne te rends pas compte.

La pluie cinglait les vitres. J'essuyais le pare-brise embué. L'eau ruisselait sur les trottoirs, les caniveaux débordaient sur la chaussée. On ne voyait pas à dix mètres.

— Je suis désolée pour le temps. C'est pas possible une pluie pareille !

J'ai souri.

— Ça, maman, je ne suis pas prête à te le pardonner !

Nous sortions de la ville. La route rétrécissait et s'engouffrait dans la nuit. On approchait de la maison. Maman a soupiré, puis s'est tue. Un grand virage à gauche, le chêne centenaire, les buissons de genêt. Des phares au sortir d'un virage. Les essuie-glaces grinçaient contre le pare-brise, à droite, à gauche, à droite, à gauche. La voiture a grimpé la dernière côte en première. Par la fenêtre j'ai aperçu le pont. La rivière devait être hors de son lit. Maman mâchait son chewing-gum en silence. Nous avons traversé le passage à niveau, flanqué de sa maisonnette jaune et de son gros platane. La voiture s'est engagée sur le chemin creusé d'ornières, de flaques. Les roues sautaient sur les cailloux.

— J'ai acheté plein de bonnes choses, dit ma mère. Chocolat noir, confiture de framboises, j'ai même pensé au savon de Marseille !

J'ai inspiré très fort.

— Je suis contente d'être ici, tu sais.

Ma mère a souri.

On a garé la voiture devant la porte de la cuisine, couru à toutes jambes sur le gravier. La porte ouverte a déversé dans la nuit un flot de lumière. Ça sentait bon le gratin et les herbes de Provence. Anne et Camille ont poussé des cris de joie.

— Voilà la Parisienne !

— Elle apporte la tempête, la vilaine !

Et devant mes cheveux mouillés :

— Allez hop, à la salle de bains ! On a faim.

La maison résonnait de voix de femmes. Il y avait de la joie partout ; des fleurs dans les vases, des plats dans le four, du feu dans la cheminée. J'entendais la pluie marteler les tuiles, l'eau gouttait sur les balcons. Toutes les fenêtres étaient fermées, tous les volets étaient clos. Dedans, il faisait bon. Mes sœurs papillonnaient gaiement d'une pièce à l'autre, il y avait des bruits d'assiettes et de couverts, et les chansons de Barbara dans les couloirs.

— À table !

Anne a raconté son voyage au Bénin. Pendant le dîner, on a fait tourner des paquets de photographies. Anne se levait entre deux bouchées, se penchait vers l'une ou l'autre pour glisser un commentaire, une anecdote. Dehors, le vent soufflait. Autour de la table on était dans la brousse, il faisait chaud, la poussière collait à la peau.

Camille s'est levée, a ramassé les assiettes. Il flottait un parfum de beurre, de sucre et de rhubarbe.

— … et pour le dessert, la tarte préférée de ma frangine !

Je me laissais gagner par leur joie. Au salon, nous avons bu du thé devant les bûches crépitantes. Maman était allongée sur le canapé, mes sœurs et moi assises par terre. Maman parlait de livres, Camille de son prochain déménagement dans une maison avec jardin. Anne était plongée dans ses projets humanitaires. C'étaient les trois femmes de ma vie.

Maman est allée se coucher. Mes sœurs et moi avons bavardé jusqu'à deux heures du matin. Camille coiffait mes cheveux. Je somnolais. J'ai dû bâiller. Camille a décrété qu'il était l'heure de dormir. Anne a fermé la porte de sa chambre en agitant la main. Je me suis glissée dans mon lit senteur lavande — ma mère cachait toujours des petits sacs de fleurs séchées sous les oreillers. Camille a toqué à la porte.

— Entre !

— Bonsoir, petite sœur.

Elle s'est assise au bord du lit, elle a caressé ma joue.

— Tu vas bien ?

— Oui.

— C'est bon que tu sois là. Que nous ayons du temps ensemble.

J'ai hoché la tête. J'essayais de me persuader qu'elle avait raison. Elle m'embrassa.

— Dors bien.

— Bonne nuit, Camille.

Le lendemain, c'était Noël. La pluie n'avait pas cessé. J'ai ouvert les volets sur un ciel morne. Mon regard butait contre une épaisseur d'ouate. Le vallon avait disparu sous le brouillard. Le jardin était gorgé d'eau. Une désolation liquide, dont émergeait çà et là une touffe d'herbe ou un gros caillou. Pas un chant d'oiseau. Seuls le ruissellement continu de l'eau et la chute perlée des gouttes dans les mares. C'était un temps pour la vie intérieure.

Je suis descendue à la salle à manger. Ça sentait le café. La table était mise. Un chiffon enveloppait les restes de tarte à la rhubarbe, il y avait du pain en tranches dans un panier et au milieu des bols, barré d'une gousse de vanille, un papier griffonné par ma mère :

Mes belles,
Je suis partie au marché, je reviens vers midi.
Soyez prêtes, nous avons à faire !

Baisers

Maman

PS : Il y a du jus d'oranges pressées dans le frigo.

Dans chaque bol, une serviette de couleur différente. Bleue pour Camille, rouge pour Anne et blanche pour moi. Pas de couteau

pour Anne qui ne déjeunait pas, un verre
d'eau pour les médicaments de Camille, et
pour moi, superposées à côté de mon bol,
les barres d'Ovomaltine dont je raffolais. Les
tendresses de ma mère. J'ai bu mon café
debout, contre la porte vitrée. La pluie
n'avait pas cessé depuis *Don Giovanni*. Elle
m'avait suivie jusqu'à Toulouse. Elle épar-
gnait l'Italie, dont la carte au journal météo
était semée de grands soleils.

« Le 1er janvier, nous déjeunons dans le
jardin en bras de chemise, avait dit Vendello. Je ne me souviens pas d'un jour de
l'an pluvieux ! Il fera beau. C'est une tradi-
tion. »

Vendello se promenait sans doute dans les
rues de Florence, ou bien dans la nature, qui
là-bas n'a jamais l'air morte. Je l'imaginais
mains dans les poches et col ouvert, entouré
de frères, de sœurs, d'enfants, marchant au
milieu d'eux sous le soleil, offrant le bleu de
ses yeux au ciel ; silencieux peut-être, mais
gai.

— Bonjour ! jeta Anne en tirant la porte.
Je faillis renverser mon bol.

92

— Tu m'as fait une de ces peurs !

— Poule mouillée !

Anne éclata de rire et m'embrassa dans le cou. Elle se versa du café. Elle me demanda si j'avais entendu la nouvelle.

— Quelle nouvelle ?

— Les Amerloques. Quels cons ! Ils ont repris à fond les affaires avec la Chine. C'est dégueulasse.

Anne, petite sœur, toujours en révolte.

— Ce n'est pas mieux pour les Chinois ? ai-je osé.

Anne haussa les épaules.

— Quels Chinois ? Les paysans, les ouvriers ? Sûrement pas. Par contre, tu peux être sûre que les mégalos du Parti vont s'en mettre plein les poches.

Anne avala une gorgée de café.

— Ça se passe bien, la fac ?

Anne eut l'air surprise de ma question.

— Franchement, j'y mets pas les pieds. Je passe les trois quarts de mon temps à l'assoç'. En ce moment, on s'occupe de l'illettrisme dans les prisons. Moi, j'y vais pas, trop jeune. Je cherche des volontaires. Et toi, la prof ?

J'étais devenue prof jusque dans ma famille.

— Je suis nulle.

Ma petite sœur soupira.

— Comme d'habitude… T'as pas changé, hein ?

Camille est entrée en s'étirant. Anne s'est lamentée sur la couleur du ciel. Camille a décrété que c'était une aubaine ; on ne s'était pas vues depuis longtemps, on allait être obligées de passer de longues journées ensemble.

Camille, celle qui pansait nos plaies, petites et grandes. Avec elle, même la pluie devenait formidable. Elle était née comme ça : malade et joyeuse. Plus elle souffrait, plus elle était gaie. Son échec en médecine, les difficultés financières de ma mère, ses soucis de santé n'avaient pas entamé son enthousiasme. Elle avait suivi les cours gavée de médicaments, jamais abattue, jamais en colère contre la maladie. Jamais envieuse des autres qui se payaient concerts et places de cinéma. Camille, ou l'optimisme forcené.

— N'empêche, insista Anne, il fait un temps de chien.

Camille a sorti du réfrigérateur le jus d'orange et les confitures, et s'est assise à table. Elle a avalé ses cachets. Si pâle. Si brune et si blanche. Si frêle, si grande, si forte. Un roseau.

La voiture de ma mère se gara devant la porte. Nous avons enfilé des imperméables et des bottes, et couru sous la pluie les bras chargés de sacs et de cartons.

— Il y avait un monde ! s'exclama ma mère en séchant ses cheveux. Bon, on a du pain sur la planche !

On s'est affairées tout l'après-midi pour préparer le dîner, emballer les cadeaux, décorer le sapin. On a fabriqué des lanternes dans l'écorce de mandarines, on a jeté des paillettes sur la nappe, on a préparé les robes. Je me pliais docilement au rituel. Quelque chose manquait.

À huit heures, nous étions prêtes. Ma mère était maquillée. Elle était jolie dans sa robe blanche, avec ses cheveux dénoués, son collier d'ambre. Elle fredonnait entre le four et la gazinière, goûtant une sauce, plongeant un couteau dans le moule à gâteau, vérifiant la cuisson des coquilles Saint-Jacques. Mes sœurs dressaient la table. J'arrangeais un bouquet de fleurs. Camille m'avait demandé pourquoi je n'avais pas mis la robe rouge.

— La robe rouge?

— Celle qu'on t'a offerte à Noël dernier!

— Ah!... je n'y ai pas pensé.

Après le passage de Vendello chez moi, je l'avais définitivement rangée dans un tiroir.

— Dommage. Elle te va à ravir.

J'ai posé le vase au milieu de la table. Des œillets rouges.

Nous avons dîné. Nous avons bu, nous avons ri. Au dessert, nous étions ivres. Sauf Camille, génétiquement joyeuse, qui n'avait pas touché au champagne. Ma mère chantait des chansons de Noël, Anne reprenait à tue-tête et se balançait sur sa chaise. Elle décrocha le téléphone et composa le numéro de Sophia, ma grand-mère. Camille et Anne entonnèrent pour elle le refrain mille fois abîmé :

Entends-tu les clochettes tinti... tinata...tintinna-bu-ler...!
Et demain matin, petit garçon...

— ... *tu trouveras dans tes chaussons,* articulait un souffle asthmatique de l'autre côté du haut-parleur.

Ma mère serra le combiné contre ses lèvres. Elle souriait, essuyait le coin de ses yeux.

— … *tous les jouets dont tu as rêvé…*

— … *maintenant… il est l'heure d'aller me coucher*, termina Sophia dans un soupir.

L'aide-soignante nous souhaita un joyeux Noël et raccrocha.

Nous avons ouvert les cadeaux sous le sapin, nous sommes bâfrées de nougat et de marrons glacés. Alors Camille a dit :

— Paul et moi, on attend un bébé.

Silence.

— C'est pas clair ?

Ma mère a failli s'étrangler. La tempête battait les carreaux. Anne restait muette, les yeux immenses, un bras suspendu dans les airs. La foudre était tombée. Elles se sont approchées de Camille, et sans un mot l'ont serrée dans leurs bras. Camille rayonnait. Minuit a sonné aux clochers de Toulouse et de Toscane. J'avais envie de pleurer. J'ai embrassé ma sœur. Ma mère a souri en essuyant mes larmes.

Il a plu pendant des jours encore. Le ciel était de plomb. Nous vivions dans un interminable crépuscule. Le papier peint gondolait autour des fenêtres, les taches d'humidité s'élargissaient au plafond. On a coincé du journal sous les portes, monté le chauffage et ravivé le feu.

Dans la maison, Camille distribuait son bonheur. Le vent interdisait d'ouvrir les fenêtres. Rien n'entrait, rien ne sortait ; c'était un débordement de joie entre quatre murs. Camille énonçait des prénoms, détaillait les bienfaits de l'accouchement aquatique, élaborait le programme de son congé maternité, lisait à haute voix des morceaux choisis de Françoise Dolto. Ma mère pouffait de rire et répondait « surveillance médicale », « repos absolu », « paperasse administrative », « inscription à la crèche ».

Le téléphone sonnait dix fois par jour. Camille l'emportait avec elle jusque dans la salle de bains. Un jour, je l'ai trouvée le téléphone à la main, plantée en petite culotte devant un miroir, à trois heures de l'après-midi. Elle caressait son ventre. Elle ne me voyait pas. Elle se tenait de profil, cambrait les reins, bombait la poitrine et faisait apparaître, à force de poussées, le très discret arrondi de ses premiers mois de grossesse. Ça la faisait sourire. Elle m'aperçut dans le miroir. Elle écarta le combiné et chuchota : « C'est oncle Jean… Oui, je t'écoute, oncle Jean… Dis, ça commence à se voir, tu trouves pas ? » J'ai hoché la tête. Camille, tellement maigre, le ventre bombé sur un fœtus.

Ma mère se souciait de tout ce qui entrait dans la bouche de ma sœur. Elle épluchait la peau des fruits et des légumes avec un soin spécial, composait des menus enrichis en vitamines et en calcium. Anne se moquait de ce sursaut maternel et tendait à Camille des sucreries dont la seule vue lui soulevait le cœur.

Je lisais des heures dans ma chambre. Mes yeux glissaient imperceptiblement de la page à la fenêtre brouillée de pluie. Mon regard fuyait par-delà le carreau, par-delà le jardin inondé, par-delà l'air mouillé et le ciel dépourvu d'horizon. *E non voglio più servir.* Est-ce que Vendello chantait encore pour les siens ? Je l'imaginais jouer du violoncelle dans un coin de la maison familiale. On lui prêtait une oreille charmée et distraite par les cris d'enfants, les conversations en cours, les allées et venues des uns et des autres. Le violoncelle devait leur être familier, faire partie de l'idée de la fête, un élément du décor au même titre que la crèche blottie dans la mousse, les lentilles germées dans le coton, l'étoile perchée au-dessus du sapin. Peut-être personne n'écoutait-il vraiment, mais j'étais sûre que tous auraient levé la tête, à la recherche de l'élément manquant, si Vendello avait cessé de jouer.

Les visites de famille ont commencé. On embrassait Camille avec tendresse. On apportait des fleurs, les dernières nouvelles, des expériences de père et de mère, de grands-parents. On parlait, on parlait, et l'eau tombait du ciel. Au milieu des bavardages, Camille. Elle était belle. Je n'en pouvais plus.

Paul, le compagnon de Camille, est arrivé le 31 décembre à la nuit tombante. La maison était pleine. Nous l'attendions. Il a passé la porte du salon sous les exclamations de surprise et de joie. Ma sœur s'est pendue à son cou, on a rempli les verres et porté un toast. On avait au moins deux bonnes raisons de sabrer le champagne.

Nous étions trente à table. Je ne tenais pas en place. Ma chaise était trop étroite, trop près du bord, trop basse. J'avais faim et je ne touchais pas à mon assiette, je tendais mon verre, on me servait et je ne buvais pas. Tout manquait de sel. Les couteaux coupaient mal, mon soutien-gorge était trop serré. J'avais des fourmis dans les jambes et des crampes dans les mollets. Les conversations m'ennuyaient, je n'avais rien à dire. Je répondais aux questions par des monosyllabes. Il me venait aux lèvres des mots grossiers, des méchancetés gratuites, des petites phrases cinglantes. J'avais envie de courir dans le froid, dans le vent, sous les trombes d'eau. Je m'abîmais les doigts sur les dents des fourchettes, je réduisais en miettes la croûte de mon pain, je froissais ma serviette. La main de ma mère se posa sur la mienne.

— Ça ne va pas, ma chérie ?

Ce n'était pas avouable. Ma main tremblait, impatiente.

— À quoi tu penses ?

— C'est rien, maman.

— Enfin, qu'est-ce qu'il se passe ?

— Je pense au *Cygne* de Saint-Saëns.

— Le cygne… ?

La table s'était tue. Ma mère avait parlé trop fort. Elle s'excusa. J'ai balbutié à son oreille :

— Je suis désolée, je ne me sens pas très bien. Je vais m'allonger.

— Je t'accompagne.

— Non, non, surtout pas. Reste avec les autres.

Ma mère m'a suivie des yeux jusqu'à l'escalier. D'autres regards ont accompagné le sien. J'ai trouvé la force de sourire avant de disparaître.

J'ai pris le train le lendemain après-midi. Je cachais tant bien que mal ma bonne humeur. Ma mère et mes sœurs allaient vraiment me manquer. Dans le hall de la gare, à l'abri de la pluie, j'ai serré ma mère contre mon cœur. Déjà j'étais ailleurs, tout à mes retrouvailles.

Je me rappellerai toujours cette marche de la station de métro à la porte de l'immeuble. À Oberkampf, il tombait de gros flocons ; on aurait dit qu'il neigeait des plumes. J'ai levé les yeux. Les flocons balançaient tout doucement sur le ciel noir et traversaient la lumière des lampadaires. Ils se posaient en confettis sur mes cheveux, entre mes cils, fondaient sur le bout de mes lèvres, me chatouillaient le cou et les narines. J'ai eu envie de rire et de danser. J'ai tournoyé, cou renversé, bras écartés, chaotique, seule au milieu de la rue. Le sac n'avait plus de poids sur mon dos, j'étais flocon parmi les flocons. J'ai traversé la cour cotonneuse en regardant le ciel, essoufflée, prise de vertige, trébuchant contre les poubelles, un vélo, riant aux éclats. La neige tombait devant les baies allumées de Vendello. Longtemps je suis restée là, tête en l'air, à regarder mon souffle blanc se diluer dans la nuit.

Vendello jouait. J'ai monté l'escalier en silence, tourné lentement la clé dans la serrure, le cœur battant. J'ai enlevé mes chaussures sur le paillasson, ouvert et fermé la porte avec soin. J'ai ôté mon manteau couvert de neige, retenu un éternuement, et rejoint ma chambre en évitant les lattes grinçantes. Je me suis assise sur le lit, la tête appuyée contre la cloison. Un cygne glissait sous la neige. J'étais chez moi.

Le lendemain matin, les toits étaient blancs. Le froid mordait malgré le soleil. J'espérais qu'il figerait la neige. En bas, ma boîte aux lettres débordait. Mme Petit me souhaita la bonne année, fit pour moi d'ambitieux vœux de bonheur et me tendit un paquet de papiers glacés :

— J'en ai enlevé un peu. Je n'ai rien jeté, juste mis de côté les prospectus, ça bouchait la fente.

— Vous avez bien fait.

Je les ai jetés. Parmi les factures émergeaient une carte postale de Nina et une enveloppe turquoise que j'ai déchirée en remontant les marches ; j'en ai sorti une petite feuille carrée :

Que diriez-vous de partager avec moi une galette des Rois ? Samedi, vers 16 heures ?
Vous êtes la bienvenue !

                                        Vendello

Le samedi après-midi, je chantonnais en arrosant mes plantes. Plusieurs courbaient la tête sous le plafond. C'était presque l'heure. J'ai posé l'arrosoir, jeté un œil à mon miroir. J'ai souri, regardé mes gencives ; j'ai tiré la langue, passé mes cheveux derrière les oreilles ; j'ai retroussé mes lèvres, tiré mes yeux à la chinoise, louché dans les trois glaces à l'infini. Quelques gouttes de parfum, ma clé, et j'étais dehors.

J'allais appuyer sur la sonnette quand la porte s'est ouverte d'un seul coup.

— Bonne année, ragazza ! Ne restez pas dans le courant d'air, entrez.

— Comment avez-vous su que j'étais…

— Asseyez-vous par ici. Ça fait plus d'une heure que je vous entends chanter chez vous, votre voix vous a suivie. Ne sonnez plus, je vous en prie : chantez.

Le soleil déclinait. On était bien. Vendello me parlait des ciels étoilés de Toscane, des rues bondées de Florence à Noël, de la piété de sa mère. De ses vingt-cinq neveux et nièces.

— Et vous ?

— Moi ?

— Toulouse, vos vacances… ?

— C'était bien. Il a plu. Tout le temps.

Il y eut un silence.

— Dites-moi, vous chantiez fort tout à l'heure ?

— Pas très fort, non.

— C'était presque comme si vous chantiez dans mon oreille.

Vendello passa la main dans ses cheveux.

— C'est étrange, ragazza, vous ne trouvez pas ? Qui sait, vous avez peut-être entendu des secrets à travers la cloison… ?

— Peut-être…

On a sonné. J'ai sursauté.

Vendello s'est levé. « Les voilà ! » annonça-t-il. Je n'ai pas compris tout de suite. « Il était temps, je commençais à avoir faim. » Vendello attendait des invités. « Vous êtes en retard les amis ! » cria-t-il en ouvrant la porte. Des exclamations joyeuses ont fusé dans l'appartement. Ils sont entrés les bras chargés de cartons, de vin et de champagne, les joues rougies de froid. Ils ont jeté leurs manteaux çà et là, ont posé dans la cuisine les bouteilles et les paquets. Ils m'ont saluée de loin. Certains se sont assis, d'autres se sont appuyés contre la bibliothèque. On a allumé la chaîne hi-fi, sorti des albums de photographies.

— *Allora ? Queste vacanze a casa ?*

— *Ho portato delle foto !*

Une grosse femme brune me tendit en riant des bouteilles de vin :

— *Metti le bottiglie al fresco dieci minuti !* dit-elle en désignant du menton le réfrigérateur.

Un homme passa devant moi avec une pile d'assiettes :

— *Attenta, ragazza, muoviti ! Grazie.*

J'ai reculé contre la baie vitrée.

— *Ho portato dei panetoni !* chanta une femme en agitant des cartons pendus au bout d'un ruban bleu. *Fa rescaldare il forno !*

Vendello monta sur une chaise et mit ses mains en porte-voix.

— S'il vous plaît, *pronto !* Elvira, Antonio, j'en ai pour trente secondes...

Il me fit signe d'approcher. Je l'interrogeai du regard. Il me tendit la main. J'ai posé mon verre, je suis allée vers lui.

— Vous aurez peut-être remarqué que notre amie est française. Je ne me suis permis qu'un mot d'italien avec elle : « ragazza ». Je compte sur vous pour en faire autant !

Les conversations reprirent. Vendello se pencha vers moi :

— En Italie, pour l'Épiphanie on mange une brioche appelée *panetone*. Vous connaissez peut-être. J'ai de la galette de frangipane de toute façon. Nous allons tirer les rois. Je vous ai invitée pour ça, non?

« ... partager une galette *avec moi*... »

J'ai murmuré :

— Presque.

On tira Vendello par la manche.

— Vendello, à table! Comment va ton frère Marco?

— Bien, bien. Il est papa depuis trois jours.

— Déjà? *Mama mia! Ho una di questo fame!*

— En français...

L'homme se tourna vers moi.

— Toutes mes excuses, mademoiselle. Je disais que j'ai une faim de loup.

Ils ont amené de grands plats pleins de tranches de panetone. Les bouchons de champagne ont sauté. Vendello a découpé la frangipane. Il m'a tendu une assiette, a fait tourner la galette à la ronde. On m'a fait une place sur le canapé, on a rempli ma coupe, on a trinqué avec moi. J'ai mordu dans ma galette et retenu un petit cri de douleur ; j'avais croqué la fève à pleines dents. J'ai sorti de ma bouche un bout de céramique bleue.

— Un croissant de lune. Je l'ai choisi pour vous, dit Vendello.

— Pourquoi un croissant de lune ?

— Parce que vous êtes comme ça. On vous devine. On ne vous voit pas.

Ils ont applaudi, posé sur ma tête une couronne de carton. On m'a pris l'assiette des mains, on m'a levée, on m'a fait tourner au milieu des rires. Vendello m'a rattrapée dans ses bras.

— Vous êtes pâle. Ça ne va pas ?

— J'ai la tête qui tourne un peu. L'alcool, le bruit.

J'ai cherché un mouchoir. J'ai glissé la main dans ma poche. Le tissu n'avait pas séché depuis la lessive de la veille. Au bout de mes doigts, j'ai senti un carré mou de papier plié. Bouilli à 90° C.

— Qu'est-ce qui vous ferait plaisir, ragazza ?

L'invitation de Vendello s'effritait en petites boules cotonneuses. Dans le salon, ça riait fort. On ne se souciait pas de nous. On faisait de grands gestes et des grimaces. Je regardais mes pieds, le parquet entre mes chaussures et celles de Vendello. Un espace de quelques centimètres carrés à peine dont tout le monde se fichait. Un territoire de solitude.

— Dites-moi ce qui vous ferait plaisir.

J'ai levé les yeux.

— Tutoyez-moi.

Au Conservatoire, mon visage était devenu familier. Les professeurs me reconnaissaient. Ils ne s'étonnaient plus de me voir entrer et sortir de leurs salles de travail. Ils ne me prenaient plus pour une étudiante. Ils m'invitaient même à leurs tables à la cantine, me proposaient un café, un concert, une audition, une séance de cinéma. Je refusais presque toujours.

Au début de février, j'ai commencé à préparer le Toefl avec mes élèves, l'examen d'anglais le plus barbant que je connaisse. Je n'avais qu'à suivre docilement les corrigés des annales. Je m'ennuyais, mais je ne risquais plus de décevoir. C'était une série d'épreuves sans intérêt, je n'en étais pas responsable. Je distribuais les exercices, je corrigeais les copies, j'offrais des cours de soutien. Je branchais le magnétophone, j'appuyais sur «play». Les étudiants, concentrés sur la bande-son, ne me prêtaient aucune attention. J'avais de longues minutes pour moi seule. Je gribouillais sur une feuille, la fève en céramique dans le creux de la main. Elle ne me quittait plus, le vernis s'était terni sous mes doigts. C'était une petite boule chaude. Je m'inventais des surprises pour Vendello. Je remplissais son appartement de fleurs, je lui offrais une journée à la mer, je l'emmenais au cirque. Je repeignais sa cuisine, je le promenais en tandem dans le bois de Vincennes, je remplissais son frigo de crèmes glacées. Je commençais le violon, et je jouais avec lui, pour lui. La bande-son s'arrêtait. Mes rêves s'envolaient. Je passais aux exercices de compréhension.

Il ne restait de mes fantasmes qu'une pâle audace : apporter les croissants du petit déjeuner.

Un matin de la fin février, je suis allée acheter un grand sachet de viennoiseries. Les pains au chocolat, au raisin, les petites brioches au sucre fumaient dans le soleil. J'ai sonné chez Vendello, plusieurs fois. Le sachet de la boulangerie sentait bon le beurre et la pâte tiède. J'ai attendu longtemps. Un pas lourd s'est approché. Vendello a tiré le verrou, ouvert lentement.

— Bonjour, ragazza.

— Ça n'a pas l'air d'aller fort...

Il grimaça en plissant les yeux, puis détourna la tête pour m'épargner une violente quinte de toux. Je suis entrée, j'ai poussé la porte derrière moi. Vendello a repris sa respiration.

— Je ne t'ai pas réveillée cette nuit?

— Non.

— Alors tu dormais bien. Je suis épuisé.

— Va te coucher, je fais du café.

— Tu ferais mieux de rentrer chez toi, c'est contagieux.

— Je t'apporte un plateau.

J'ai posé le pain et les croissants dans la cuisine. J'ai mis du café dans un filtre, l'eau a crépité dans la cafetière. J'ai sorti du réfrigérateur le beurre et les confitures, une bou-

112

teille de lait, du jus de fruits. J'ai attrapé deux bols, deux verres, un couteau, deux grandes cuillers et du sucre. Le café tombait goutte à goutte. L'odeur chaude emplissait la cuisine et entrait au salon.

— Ça sent bon, gémit une voix sourde depuis la chambre.

— Oui, ça sent bon !

J'ai fermé les sacs-poubelle, je les ai portés sur le palier. J'ai lavé quelques assiettes au fond de l'évier.

— S'il te plaît, ne t'occupe pas de ça, ragazza.

— C'est pas grand-chose.

— Laisse.

— Tu ferais pareil.

Vendello n'a rien répondu. J'ai essuyé mes mains. Sur la table basse traînaient de vieux journaux, une coupelle de cacahuètes et des billets de cinéma. Des coussins étaient restés par terre. Le canapé portait encore l'empreinte d'un corps couché. Sur les étagères, des boîtes vides d'aspirine, une cuiller gluante de sirop, une ordonnance froissée, des dossiers aux feuilles volantes. Une enveloppe déchirée. Je me suis appuyée contre un mur, les mains croisées dans le dos.

Exactement comme dans la chambre de Danny, le jour de notre premier baiser. J'avais dix-huit ans. Coincée dans un angle de la pièce, près de la fenêtre. Toute droite, les pieds serrés pour occuper le moins d'espace possible. Il y avait des disques en vrac sur le sol, des piles de magazines effondrées dans les coins, des cartons à dessin à demi ouverts sur le bureau. Sur le matelas, la couette était roulée en boule. La porte d'un placard à vêtements bâillait. À quelques mètres de moi, Danny prenait une douche après son heure de sport. Je l'attendais debout, respirant à peine, promenant mon regard pour entrer dans l'armoire, regarder sous le lit, me glisser dans les tiroirs pas fermés, fouiller au fond de ses poches de jean. J'étais immobile. Je tremblais de trouille qu'il n'ouvre la porte de la salle de bains, que mes yeux me trahissent. J'entendais couler l'eau et Danny s'ébrouer. J'imaginais que je me jetais contre l'oreiller, en pressant mon visage dans la plume qui sentait bon sa peau et son sommeil. Je rêvais que je serrais sur mon corps la couette bleue, que je respirais la chemise qu'il avait posée sur le dos de la chaise et que j'aurais pu toucher du doigt. Je suis restée appuyée contre le mur, paralysée de désir et de peur. Danny est descendu chercher une pizza, me laissant seule presque une demi-heure. Mon regard pénétrait les serrures, s'engouffrait entre les pages de son journal, soulevait les couvercles des boîtes à secrets. Depuis mon mur je traversais des terres interdites, les mains croisées derrière le dos. En remontant, Danny m'a trouvée comme il m'avait laissée. Debout et droite ; immobile.

La cafetière a sifflé. J'ai laissé les coussins par terre et la cuiller dans son sirop, je n'ai pas touché aux boîtes vides d'aspirine, aux vieux journaux, au bol de cacahuètes. J'ai fermé la porte de la chambre, ouvert les fenêtres du salon en grand.

— C'est toi qui vas tomber malade, ragazza ! a crié Vendello depuis son lit.

J'ai passé la tête dans la chambre.

— Tu veux un peu de musique ?

— Non, merci. J'ai une migraine terrible.

— Tu as vu un médecin ?

— Il est passé une heure avant toi.

J'ai versé le café dans les bols, mis du pain

à griller. Je suis entrée dans la chambre en poussant la porte du pied. J'ai posé le plateau, tiré les rideaux pour laisser entrer la lumière. Vendello s'est redressé dans son lit. J'ai arrangé la couette et les oreillers.

— Tu es une mère.

— Non.

— Personne d'autre que ma mère ne m'a jamais apporté le petit déjeuner au lit.

— Eh bien tu vois, ça change. Un pain au chocolat ?

— S'il te plaît.

Nous avons déjeuné. J'ai baissé le chauffage, posé le journal du matin et une bouteille d'eau fraîche sur sa table de nuit.

— Je te laisse dormir. Je peux faire autre chose ?

— Non, occupe-toi de toi.

— Tu es sûr ?

— Oui. Attends, si... j'avais complètement oublié ! Mon violoncelle est chez le luthier. Il s'en va demain pour un mois. Je vais demander à Marcel ou Monique, c'est à l'autre bout de Paris... à moins que ce ne soient déjà les vacances scolaires ?

— Oui.

116

— Alors ils sont tous partis. Pas de chance.

J'ai porté le plateau à la cuisine. Je me suis penchée sur le seuil.

— Et une voisine prof qui est en vacances à Paris juste à ce moment-là... est-ce que ça ne serait pas de la chance ?

5, rue Mabelle, dans le treizième arrondissement. Une plaque dorée indiquait : « Lucien Daubart, luthier. » J'ai sonné à l'interphone.

— Oui ?

— Bonjour, je viens de la part de M. Vendello.

— Passez le hall, le couloir sur votre gauche, puis la porte en face. Traversez la première cour, la deuxième, et prenez la petite allée sur votre droite. Je viens à votre rencontre.

— ... d'accord.

J'ai passé les deux portes, puis la première cour pavée, presque fermée par une étroite grille de fer forgé où s'agrippaient les volutes d'un lierre mort. Entre les barreaux noirs frissonnait une toile d'araignée, fragile dentelle d'eau dans le soleil d'hiver. J'ai tourné la poignée. La grille a résisté contre le sol, puis s'est ouverte dans un tremblement. La seconde cour était plus petite. C'était un enclos de façades blanches, avec des fenêtres aux grandes vitres et des volets de bois. Les pavés étaient couverts de terre, il poussait des touffes d'herbe le long des murs. Ça sentait la poussière et les feuilles moisies. Au milieu d'un bassin, un angelot aux ailes cassées cherchait son reflet dans l'eau verte. Il y eut un souffle, l'eau se rida.

— Bonjour!

J'ai levé la tête. Un homme en tablier venait vers moi dans le soleil.

— Bonjour. Lucien Daubart?

— Oui. Pas trop de mal à trouver?

— C'est... insoupçonné.

— C'est vrai. Suivez-moi!

Au fond de la cour obliquait une allée bordée d'immeubles à trois étages. Le luthier marchait mains dans les poches, à pas tranquilles.

— Alors, Vendello a la crève? C'est pas croyable, ça!

— Pourquoi?

118

— Ce gars-là, je le connais depuis dix ans. Je l'ai jamais vu fatigué. Même quand il fermait pas l'œil de la nuit. Pas un signe de faiblesse. Jamais un cerne, une mauvaise mine, la gorge qui gratte. Et là, scié en deux jours par une petite grippe ! Finalement, il est comme tout le monde.

Le luthier s'est arrêté devant une porte de bois. Il a monté trois marches, appuyé sur le battant, poussé la porte.

— Allez-y !

C'était un jardin de plantes et de sculptures. Un hérisson de bois trônait dans un pot de fleurs, un chat et une girafe en bronze étaient cachés derrière une treille. Des oiseaux de métal étaient accrochés aux branches d'un magnolia, seuls sous le ciel. Une madone priait dans un renfoncement de mur.

Lucien Daubart est entré dans l'atelier.

— Venez ! Je suis à vous dans quelques minutes, je termine avec un musicien.

La lumière tombait du toit. J'ai cherché le plafond, au-dessus des mezzanines, par-delà l'enchevêtrement des poutres et du soleil. Il n'y en avait pas. C'était une verrière. Je marchais dans les copeaux et les journaux froissés. Des outils étaient accrochés aux murs, traînaient sur les établis, parmi les pièces inachevées et les instruments ouverts. Plusieurs archets gisaient en travers d'une table. Autour, sous une lampe sans abat-jour, des boîtes de plastique remplies de nacre, d'écaille, d'argent, de morceaux de bois noir. Au fond de l'atelier, un homme, de dos, pinçait les cordes d'une contrebasse. Lucien Daubart hochait la tête en tortillant sa moustache. L'homme a rangé la contrebasse dans sa housse. Il a serré la main du luthier qui l'a raccompagné jusqu'à la porte. Je me suis penchée sur un violoncelle.

— Excusez-moi... qu'est-ce que c'est?

Le luthier s'est approché.

— Quoi donc?

— Le petit cylindre, là.

— Ah! C'est une âme.

— Une âme?

— Une pièce indispensable. Pas d'âme, pas de son. Vous n'êtes pas musicienne?

— Non.

Le luthier s'est penché sur l'instrument, a soufflé à l'intérieur.

— Je viens de la coller.

Il s'est redressé.

— Bon, je vais chercher votre violoncelle.

Lucien Daubart s'est éloigné en sifflotant à l'autre bout de l'atelier.

— Et vous, vous êtes musicien ?

— À peine. Je sais comment ça marche, c'est tout.

Il y eut un bruit de chaises tirées, de placards ouverts et fermés.

— Moi, ce qui me plaît, c'est de les faire, les instruments.

Il est revenu en tenant un violoncelle par le manche.

— Au début, des planches. Je scie, je rabote, je ponce, je colle, je vernis…

Il pointa l'index sur le violoncelle.

— À la fin, voilà. Un café ?

— Je veux bien.

— Je reviens.

Une feuille racornie était punaisée au mur d'en face. Je me suis avancée. C'était une silhouette de violoncelle à l'encre noire, un ruban rouge noué autour du cou. Une énorme légende barrait la partie inférieure du papier :

Divines chevilles, belle âme et colle de nerfs.
On dirait ta mère.

Lucien Daubart me tendit une tasse.

— C'est un dessin de mon père. Tanger, 1956, juste avant le grand retour. Le bateau pour la France était déjà dans le port. Ma mère est morte peu après notre arrivée à Marseille. Elle avait vingt-cinq ans.

Le luthier rangea le violoncelle dans sa housse.

— Est-ce que je peux vous regarder travailler ?

— Maintenant ?

— … si ça ne vous dérange pas, bien sûr.

— D'accord. Mais je suis pas bavard.

Lucien Daubart a allumé la radio. Il s'est assis devant un établi, a chaussé ses demi-lunes. Il a allumé une lampe, tiré sur le coude en métal, orienté le halo de lumière sur ses mains. Les Platters chantaient *Only You*. Le soleil découpait au sol des mosaïques blanches.

Lucien Daubart sculptait une volute. Cette spirale, c'était la grâce attendue au-dessus des chevilles. Je regardais ses mains, ses paumes larges, le bout corné de ses doigts, ses ongles abîmés travaillant le bois clair. Lèvres pincées, veines saillantes, il creusait, nivelait, lissait l'enroulement du manche qui ne veut pas finir et se prolonge dans un retour sur soi ; une boucle. La radio crépita le journal de treize heures en quatre-vingts secondes.

— Ça, ça me dérange, dit le luthier en relevant ses lunettes.

— Quoi donc ?

Il poussa le coude de la lampe.

— Les infos.

Il se leva, modula la fréquence, s'arrêta sur une mélodie gitane. Il se rassit, abaissa les lunettes sur son nez et se remit au travail. Une heure plus tard, la volute était terminée. Lucien Daubart secoua son tablier. Il désigna du menton le bout de bois sculpté.

— Les chignons de ma mère étaient comme ça. Mon père a oublié. Moi, j'y pense encore, aux cheveux de ma mère roulés dans la nuque. Je ne pouvais plus les toucher. Ma mère disait qu'il fallait être jeune fille pour les laisser au vent.

J'ai souri.

— Je vais vous laisser. Merci pour tout.

J'ai hissé la housse sur mon épaule, serré l'énorme main du luthier.

Dans le jardin de sculptures, la girafe brillait sous le soleil. J'ai passé l'allée oblique, je

suis entrée dans la cour au bassin d'eau
verte. La housse du violoncelle était arrimée
à moi, indistincte de mon corps sur les pavés
poussiéreux. Le soleil allongeait sur le sol
notre ombre siamoise. Nous avancions,
ondulant l'une et l'autre dans un même
mouvement. Deux silhouettes fondues dode-
linaient au rythme de mes pas, passaient sur
les murs blancs, me devançaient à la grille
de fer forgé, me guidaient à travers la première cour et m'attendaient, rétrécissant à
mon approche contre la porte fermée de
l'immeuble principal. J'ai poussé la porte et
l'ombre s'est dissoute dans l'obscurité du
couloir. J'ai cherché l'interrupteur à tâtons.
Je craignais de mal juger le volume du violoncelle, de le cogner, de me faire mal. Le
néon du hall d'entrée s'est allumé.

Je nous ai vues dans le miroir, la grande
housse noire et moi, pas du tout assorties
l'une à l'autre. Loin du soleil, la confusion
était impossible. J'ai eu un choc. Comme au
théâtre d'ombres chinoises, le soir de mes
sept ans, lorsqu'on m'avait fait passer derrière le drap de lumière. Pas de fée ailée, pas
de prince arabe, pas d'oiseau prophète. Pas
de fleur princesse, pas de dragon en colère.

Des morceaux de bois, des feuilles de chou, du crépon, des fleurs de carton sale. Pas de bouches aux personnages. On nous montrait comment simuler un baiser en inclinant les têtes. «On peut les tenir très éloignées l'une de l'autre, ça ne se voit pas de l'autre côté», disait une femme, preuve à l'appui. Je courais devant le drap, me penchais derrière, revenais vérifier l'illusion. J'étais terrifiée. «Tu te rends compte ce qu'on peut faire avec trois bouts de bois?» disait ma mère. Oui, je me rendais compte.

Je suis sortie du 5, rue Mabelle derrière mon ombre. Elle a traversé la rue, descendu les escaliers du métro comme l'eau qui ruisselle et se répand en flaque, en contrebas. Dans le wagon, je suis restée debout, pour garder la housse contre mon dos. On me souriait, on était presque aimable. On fixait avec tendresse l'instrument accroché à mon épaule. Les musiciens, c'est comme les jeunes mamans; ça fait plaisir à voir. Ça porte contre soi un peu de chevilles, d'âme et de colle de nerfs.

Rue Oberkampf, le soleil est passé sous un nuage. Mme Petit pendait du linge à sa fenêtre.

— C'est bien gros, ce que vous portez là !

— C'est un violoncelle.

— C'est vrai, M. Vendello est malade… C'est drôle, mais de dos, je suis sûre qu'on vous voit pas. Faites voir !

Je ne bougeais pas.

— Faites voir ! C'est pour plaisanter.

J'ai fait quelques pas.

— C'est bien ça ! Un violoncelle sur pattes.

J'ai monté l'escalier lentement. Le violoncelle tirait sur les muscles de mon cou. Je suis entrée chez Vendello, tout doucement. J'ai passé la tête dans sa chambre. Il dormait d'un souffle tranquille. J'ai posé le violoncelle devant son lit. Je l'ai regardé un moment. J'ai eu envie de le toucher. De le tenir contre mon ventre. D'effleurer les cordes, les éclisses, la volute. Je suis rentrée chez moi, l'épaule douloureuse.

Au soleil couchant, le son du violoncelle est monté derrière la cloison. Les ombres s'allongeaient démesurément. La lune s'est levée. La nuit est tombée par la fenêtre. Et lorsque tout s'est tu, il est resté en moi l'écho d'un chant, le frisson d'une caresse, le rêve d'un baiser.

III

Plus le mois de mars avançait, plus le soleil se levait tôt. Plus il faisait nuit tard. Chaque jour était une petite victoire sur l'obscurité. Jusqu'à ce jeudi noir.

J'avais passé la matinée de théâtre en théâtre à la recherche d'un spectacle pour l'anniversaire de Vendello. Les poches bourrées de programmes et de prospectus, je parcourais en marchant la liste des comédies, des concerts, des ballets, incapable de faire un choix. J'ai monté l'escalier le nez plongé dans le *Pariscope*, trituré la serrure, appuyé distraitement sur le bouton du répondeur téléphonique. *Giselle*? *On ne badine pas avec l'amour*? *Les palmes de M. Schutz*? Le faire rire ou l'émouvoir?

La voix de ma sœur m'a tirée de ma lecture. « C'est Anne… Désolée de t'annoncer ça sur un répondeur, mais on a un peu de mal à te joindre depuis quelques temps et… je suis pas sûre que tu rappelles, alors voilà… Sophia est décédée hier soir. Je suis à la maison, tu peux me rappeler. À tout à l'heure. »

Je me suis approchée de la fenêtre. La pluie s'était mise à tomber. Ma grand-mère était morte. *Les mouches*, peut-être. Béjart, *Les noces de Figaro*… J'ai vidé le contenu de mes poches sur la table basse. Il était deux heures de l'après-midi. Ma sœur serait sans doute à l'université, je risquais de tomber sur ma mère. J'ai fixé le répondeur, sa petite lumière clignotante. Je n'avais pas envie de parler à ma mère, pas la force d'écouter son chagrin. Après tout, Anne était peut-être restée avec elle à Gaillac. J'ai composé le numéro de téléphone, laissé sonner un coup, deux coups ; j'ai raccroché. La minuscule ampoule continuait à émettre un signal de détresse, allongeant son reflet sur la couverture glacée des programmes de concert. J'ai appuyé sur la touche « bis », les doigts prêts à couper la communication. C'est ma sœur qui a décroché.

— Anne, c'est moi.

— Enfin !

— Je viens juste d'avoir ton message.

Anne soupira :

— Maman ne va pas bien.

— Tu t'occupes d'elle ?

Anne eut un rire nerveux.

— Oui, enfin il n'y a rien à faire. Sa mère est morte.

La pluie tombait violemment. J'entortillais le fil bouclé du téléphone autour de mon index.

— Qu'est-ce qui s'est passé ? ai-je demandé.

— Rien de spécial. Elle s'est éteinte, c'est tout. Fallait s'y attendre, avec l'évolution de ces derniers mois...

Il y eut un court silence, puis Anne poursuivit vivement :

— Bon, l'enterrement a lieu à Toisan après-demain. Il faut organiser le convoi et prévenir encore quelques Parisiens. Le plus simple serait que tu t'en occupes. Comme tu en connais pas mal, je vais te donner la lis...

J'ai avalé ma salive.

— Anne, je ne les connais pas.

— Qui ?

— Les « Parisiens » que je suis censée prévenir.

J'ai retenu ma respiration. Tout allait si vite.

— Une seconde, dit Anne.

Elle posa le combiné, fit quelques pas, ferma une porte et reprit le téléphone.

— Écoute, sœurette. Merde. Je m'occupe de maman qui ne mange ni ne parle plus. Camille s'occupe de la morgue et de l'enterrement. Je pense que tu peux passer quelques coups de fil.

J'entendais Vendello rentrer chez lui, poser les clés sur le guéridon, claquer la porte.

— D'accord, Anne… Donne-moi la liste.

Ma sœur a égrené un à un les noms et numéros de téléphone, puis a raccroché. Vendello sifflotait dans sa chambre. J'ai regardé la liste des noms sur mon bout de papier, probablement identique à celle de mon carnet à spirale. Nous ferions connaissance ou nous retrouverions à l'occasion des funérailles de ma grand-mère. Beaucoup de ces gens portaient mon nom de famille. Je commencerais par les autres. J'ai couru chez Vendello.

— Je suis désolée, je n'ai pas pu réserver de spectacle, je ne pourrai pas, ma grand-mère est morte.

Vendello me serra contre lui, longtemps. C'était bon, le chagrin.

— Je n'ai connu qu'une grand-mère, a-t-il dit doucement. Je l'ai perdue à l'âge de quinze ans. Elle me manque encore.

— Sophia ne me manque pas.

Le balancement de nos corps cessa quelques secondes et puis reprit, plus lent.

— Tu veux boire quelque chose ? demanda Vendello.

J'ai secoué la tête et tendu ma liste.

— Il faut que je rassemble ces gens pour l'enterrement. C'est après-demain, à Toisan… en Normandie. Ils ne savent pas comment y aller.

Vendello a sorti un plan de métro, détaillé les adresses.

— Les Invalides, c'est un bon point de rencontre. Assez central pour tout le monde, a-t-il conclu. Facile d'accès, stationnement possible… À quelle heure tu dois être à Toisan ?

— Neuf heures trente.

— Partez au plus tard à sept heures.

Vendello s'est assis près de moi.

— Ça va aller, ragazza ?

— Je crois.

J'ai enfoncé la touche « haut-parleur » et appelé le premier inconnu.

— Bonjour… Vous êtes… Stéphane Tessu ?

— Oui, a répondu une voix tremblante.

— Je vous appelle de la part de… de la famille… de Sophia Clanchet, qui est décédée, et l'enterrement a lieu après-demain à Toisan… Allô ?

— Oui, oui, je suis là…

— Excusez-moi… nous partons des Invalides à sept heures du matin, si vous voulez nous accompagner.

— Mademoiselle, je suis bouleversé… qu'est-ce qui s'est passé ?

J'ai interrogé Vendello du regard.

— Elle n'a pas souffert au moins ? insista M. Tessu.

Qu'avait dit Anne, déjà ?

— Elle s'est éteinte… L'évolution récente de son état pouvait le laisser présager…

— Oui, bien sûr.

Je ne savais pas de quoi Sophia était

morte. J'ai repris ma liste, demandé à Stéphane Tessu s'il voulait bien m'aider à prévenir les autres Parisiens et appelé quelques parents éloignés à qui j'ai réparti le reste des noms. J'ai raccroché, le cœur battant, la gorge sèche.

— Et maintenant? ai-je demandé à Vendello.

— Je peux t'aider à préparer quelque chose?

— Il n'y a rien d'autre à faire.

Vendello a souri.

— Alors la vie continue.

J'ai peint, donné mes cours, fait la cuisine et dîné avec mon voisin. J'ai lu, dormi, rêvé, je me suis promenée le long du canal Saint-Martin. Toisan était à l'autre bout du monde.

Deux jours plus tard, Vendello m'a réveillée à six heures du matin. Nous avons bu un café ensemble, puis il est retourné se coucher. À sept heures, j'étais sur l'esplanade des Invalides. Il bruinait sur le capot des voitures. Des hommes et des femmes vêtus de couleurs sombres venaient me saluer, piétinaient quelques minutes à côté de moi en grelottant, puis s'excusaient et remontaient dans les voitures. J'ai suivi un couple de cousins que je n'avais pas vus depuis un an. À sept heures et quart, nous sommes partis.

Une longue file de voitures suivait la nôtre. Cachée derrière le siège du conducteur, le front appuyé contre la vitre, je regardais défiler les façades grises.

— C'est peut-être mieux comme ça, a dit mon cousin Eliott en cherchant mes yeux dans le rétroviseur.

— Quoi donc ? demandai-je en me redressant.

— Qu'elle soit morte.

J'ai dû froncer les sourcils.

— Enfin, insista Eliott, agacé, tu as bien vu sa déprime depuis des semaines ? Une femme comme ça, cloîtrée chez elle avec une garde-malade à temps plein… ça l'a tuée.

J'ai rougi. Porte d'Auteuil. Nous sortions de Paris vers l'A 13. Mon cousin se reprit :

— Pardon, c'est vrai… tu n'étais pas là pour ses quatre-vingt-dix ans.

Ce week-end-là, Vendello m'avait emmenée à un concert à Notre-Dame de Paris.

Tous les petits-enfants s'étaient rassemblés à Toisan. J'avais été la seule à souhaiter à Sophia un bon anniversaire par téléphone. Le concert de Notre-Dame avait été un enchantement. Il avait fait un soleil glacé ce jour-là, je sautais à pieds joints devant les portes encore fermées de la cathédrale pour me réchauffer les pieds. Je bondissais, je tournais sur le parvis en soufflant de l'air blanc, et Vendello riait en me regardant soulever des nuages de poussière.

— Elle était horriblement diminuée, ajouta Eliott. Seule à son âge dans un trou pareil, vraiment, ça tenait du miracle.

À soixante-dix ans, Sophia avait décidé de quitter Paris pour les falaises normandes. Personne n'avait compris ce choix. Cet exil avait déclenché un mouvement de panique chez mes oncles et tantes :

— Maman, c'est grotesque. Que vas-tu faire si loin de tout ?

— Ça me regarde.

— Mais enfin tu ne connais personne ! Et puis tu es un rat des villes, tu vas déprimer là-bas. Réfléchis.

— C'est tout réfléchi. C'est là que je veux aller.

— J'espère que tu ne fais pas ça pour les gamins, pour qu'ils puissent aller à la mer, hein maman ?

— J'ai pensé aux autres toute ma vie. Maintenant c'est mon tour. Je veux vivre à Toisan et on ne m'en empêchera pas. Le sujet est clos.

À Toisan, les arbres se couchent sous le vent, les falaises sont mangées de sel, les pêcheurs ont la peau tannée.

Sophia avait tenu bon.

— Tu te rends compte ? Elle ne sortait plus, renchérit la femme d'Eliott. Plus du tout ! Elle est restée deux jours, tu entends, deux jours entiers devant la fenêtre à regarder le vent souffler sur la falaise…

Petite, j'avais vu Sophia plantée devant la mer, bravant les éléments. Ni l'orage ni la tempête ne pouvaient l'obliger à se replier dans la maison. De bon matin, au milieu des fougères, un chapeau de paille dansait sur le dos d'un énorme fauteuil. C'était Sophia, élégamment vêtue, les doigts et les lèvres peintes, qui prenait un bol d'air. « Un peu de finesse sur ces terres sauvages », disait-elle en réajustant une mèche de cheveux. Les années avaient passé. Sophia avait reculé le fauteuil sous l'auvent, l'avait tiré sur le perron puis près de la porte d'entrée. Il avait fini par trôner entre la cheminée et la fenêtre du salon.

— Pourquoi tu n'étais pas aux quatre-vingt-dix ans, déjà ?

— J'étais malade.

Je ne mentais qu'à moitié. J'avais eu la fièvre.

Nous sommes sortis de l'autoroute. Nous approchions de Claville, un bouquet de maisons à colombages étranglé de béton, surplombant des kilomètres de plages. L'hiver, Claville était une morne rangée d'hôtels déserts, de parkings mouillés de pluie, de jardins d'enfants pleins de flaques et de boue. Pour se rendre au hameau de Toisan, on traversait à la hâte ce ruban de côte bien domestiquée. Et lorsqu'on se retournait pour voir, à travers la vitre arrière, la ville rétrécir puis disparaître dans la verdure, on éprouvait chaque fois une sorte de soulagement.

Quelques kilomètres plus loin, les voitures se sont garées devant un petit bâtiment gris. Un tapis bleu marine derrière les portes à ouverture automatique, et tout au fond du couloir, une salle éclairée à la bougie. Mes oncles et tantes étaient debout autour du cercueil. Ma mère me tournait le dos. Anne et Camille se tenaient près d'elle, immobiles. Ça sentait le médicament et l'eau de Javel. Les cousins arrivaient derrière moi, ils poussaient un peu, regardaient par-dessus mon épaule. Impossible de reculer. Je suis entrée. Il faisait froid. Anne se retourna, me fit signe d'approcher. J'avançais, réprimant une nausée. Je serrais en passant les doigts de Camille et de ma mère, et je me postais à ma place, celle qu'Anne m'avait indiquée de l'index, entre le cercueil et ma mère. À quelques centimètres de moi, le visage de la morte, les paupières tirées sur ses yeux, les mâchoires saillantes sous la peau translucide. On aurait dit qu'elle s'effaçait. Que le squelette allait jaillir. J'ai cherché la main de Vendello qui n'était pas là. Anne me dévisageait.

— Je ne peux pas, ai-je murmuré.

— Tu restes, ordonna ma sœur.

J'ai fermé les yeux pour ne pas vomir. On marchait sur la moquette à pas feutrés. Il fallait faire silence. Une morte trônait au milieu de la pièce.

Anne me pinça la main. Ma mère était plantée devant moi, les yeux rouges. Je l'embrassai. Elle s'effondra dans mes bras et je faillis perdre l'équilibre. Nous sommes sorties. Un pâle soleil perçait sous la brume.

Le convoi prit la route jusqu'à la chapelle, où Camille arrangeait des fleurs. Elle me sourit furtivement, me fit un signe de la main et se mit à distribuer les livrets de chants. Anne m'attira au premier rang. Le prêtre dit quelques mots. On joua de l'orgue. Vendello savait que cet instrument me faisait peur. Le son semblait monter du fond de la terre, c'était comme une rumeur d'apocalypse. La musique enflait, j'étais prise de vertige. Le cercueil de Sophia était posé face à l'autel. Au son de l'orgue, le visage de la morte remontait à la surface. Les lèvres souriaient, découvrant des gencives fondues, les paupières s'ouvraient sur deux trous noirs. Je respirais mal. J'ai serré la fève bleue au fond de ma poche, cherché l'image de Vendello, son sourire, ses yeux ; je m'y suis arrimée. La cérémonie a passé très vite. Camille a lu, fait chanter l'assemblée, le prêtre a récité quelques prières.

Nous avons suivi le cercueil sur un chemin de terre. On entendait les cailloux crisser sous les semelles. Un vent froid se faufilait sous les écharpes et faisait battre la grille contre un mur, à l'entrée du cimetière. Ma mère frissonna. Anne passa le bras autour de ses épaules. À Notre-Dame, Vendello m'avait serrée comme ça contre lui, et j'avais enfoui mes doigts dans les manches de son manteau. On remontait une petite allée biscornue. Des hommes vêtus de noir nous attendaient au bord d'un trou. J'ai attrapé la rose qu'on me tendait. Blottie dans les bras de Vendello, j'ai jeté la fleur, avec une poignée de terre, sur le visage bleu de ma grand-mère. C'était fini.

Nous avons mangé à Toisan. La maison attendait Sophia. Une liste de courses était encore aimantée au réfrigérateur, des boîtes de muesli étaient posées sur un plateau, avec le bol du petit déjeuner. Des plaquettes de médicaments traînaient près du téléphone. La grande table était dressée au salon. On avait posé des saladiers dessus. Personne n'osait s'asseoir ou se servir. On évitait le bout de table d'où ma grand-mère présidait les repas et en dictait les débuts. Un jeune cousin affamé osa entamer le taboulé; les autres suivirent. Je me suis assise dans un coin. Je n'avais pas faim. Anne s'approcha de moi une assiette à la main.

— Ça serait bien que tu viennes à Gaillac quelques jours.

— Tu crois?

— Je suis sûre que ça ferait du bien à maman.

Anne avala une bouchée de riz.

— J'ai beaucoup de choses à faire à Paris, mes élèves ont besoin...

— Bon Dieu! dit Anne en posant son assiette.

Elle attrapa ma main et me traîna dehors.

— Retombe sur terre, merde! Tu ne peux pas faire un effort, un seul, pour ta mère? Il n'y a que toi qui comptes?

— Je surveille des examens, Anne, je ne peux pas m'absenter comme ça...

J'aurais voulu ajouter : «On m'attend», mais ç'aurait été un mensonge de plus. Anne m'avait de toute façon déjà plantée là.

Je suis montée dans la première voiture pour Paris.

J'ai sonné à la porte de Vendello à la nuit tombée. Il m'a laissée entrer, refermant doucement la porte derrière moi. Il a posé son verre sur le guéridon, et puis s'est approché. J'ai vu ses yeux interroger mon silence. Il a dénoué mon écharpe, ôté mes gants, défait un à un les boutons de mon manteau. « Tu es gelée. » Il a soufflé sur mes mains crispées. Je respirais à peine. « Viens, il fait meilleur au salon. » Il m'a poussée devant lui et m'a assise. J'ai fermé les yeux et plongé dans les coussins profonds. Sans un mot, j'ai enfoui mes joues dans l'épais coton et replié mes genoux dans mes bras, tout contre ma poitrine. J'entendais les battements de mon cœur.

Vendello n'a rien demandé. J'ai entendu s'ouvrir une porte, ses pas aller et revenir. Il a posé sur moi une couverture. Il est entré dans la cuisine. La bouilloire a gémi sur le feu, par-dessus les bruits lointains de la rue, l'écho des cris d'enfants, le grincement du parquet au-dessus de moi. Le tissu apprivoi-

144

sait l'arrondi de mon dos pour m'arrimer là, dans le creux du grand canapé blanc, sous le portrait de Mozart. Je savais que sur ma gauche se dressait le piano. Il touchait presque les étagères pleines de livres et de photographies. La table basse était derrière moi, et tout autour il y avait des chaises de bois vermoulu. Un palmier échevelé se tenait près du guéridon, et sous le guéridon trônait un vase bleu couvert de poussière qui n'avait jamais servi. À côté du guéridon il y avait le canapé blanc, et dans le canapé blanc, il y avait moi. C'est là que je devais être.

Vendello a posé un plateau sur la table basse. L'eau versée sur le thé a diffusé un parfum familier d'épices et de fruits rouges. Une petite musique de nuit s'est faufilée dans le silence. J'ai ouvert les yeux, tourné la tête vers Vendello. Il posait la passoire sur le bord du plateau. Il a souri. Je me suis redressée. J'ai réchauffé mes doigts au bol brûlant, j'ai bu, je me suis recouchée. Vendello était à côté de moi et cela suffisait. Il lisait, peut-être, ou somnolait. Les heures ont passé. Vendello a bâillé. Il s'est levé, a tiré le verrou, éteint les lampes. Je voyais les étoiles par la baie vitrée. J'ai senti dans mon ventre une douleur terrible. Le visage de la morte revenait dans le noir.

Les soirs où les fantômes hantaient mon lit et les placards, ma mère laissait toujours entrer les étoiles dans ma chambre. Elles veilleraient sur moi, assurait-elle. Les volets restaient grands ouverts. Ma mère posait sur ma tempe un baiser-plume, et je croisais mes bras autour de son cou pour l'empêcher de me laisser seule. Elle détachait mes mains doucement et chuchotait à mon oreille : «Les fantômes ne sont pas sous ton lit. Ils sont dans ta tête, je les ai vus. Ils veulent peut-être que tu leur parles? Et s'ils avaient un secret à te dire? Ce serait dommage de ne pas les écouter.» Ma mère sortait sur la pointe des pieds. Je bouchais mes oreilles de toutes mes forces, sûre de ne pas entendre l'appel des fantômes. J'évoquais le visage de maman, son parfum de fleurs et ma tête dans ses mains. Les fantômes, terrorisés sans doute, restaient cloîtrés dans leurs cachettes obscures. Vendello a posé un baiser sur mes cheveux. J'ai croisé mes regards autour de son cou pour le retenir mais il a fermé mes paupières. Il a murmuré : «Bonne nuit, ragazza.» Il a laissé ouverte la porte de sa chambre.

Je me suis éveillée en sueur. Le ciel était transparent. Il faisait jour. Au-dehors, les volets étaient encore fermés, les rideaux tirés, les stores baissés. Il n'entrait par les fenêtres ni lumières ni bruits. Les balcons étaient déserts, la cour vide, le vélo de Mme Petit s'appuyait contre la porte du rez-de-chaussée. Le plafond était silencieux, le couloir muet, les chambres paresseuses. C'était dimanche.

J'ai ouvert la porte d'entrée, un grand courant d'air a volé dans mes cheveux. J'ai frissonné. La porte a claqué devant moi.

Dans la baignoire de Vendello, j'ai fait couler beaucoup d'eau chaude pour embuer les miroirs. Je suis restée longtemps à genoux sur l'émail, la pomme de douche près des lèvres, le menton dans l'eau. Lorsque je suis entrée au salon, Vendello buvait un café, debout près de la fenêtre. Il me tournait le dos. J'ai regardé sa silhouette se détacher sur la baie vitrée, le contour de ses muscles, les épis de ses cheveux. Cette ombre silencieuse suffisait à éloigner les cauchemars.

Les quatre jours suivants, je suis restée enfermée dans l'appartement de Vendello, incapable d'en franchir le seuil, paniquée à l'idée de me trouver dehors. J'ai demandé à Vendello de jouer pour moi du violoncelle.

Je ne l'avais jamais vu jouer. Chaque soir depuis des mois, je m'étais adossée au mur de ma chambre, tout contre son mur. J'écoutais, seule. Je l'imaginais. Je n'osais pas frapper à sa porte, entrer et m'installer dans un coin pour le regarder. Il me semblait que ç'aurait été aussi vulgaire que de fouiller le sac à main ou les poches d'un inconnu. Et soudain, j'éprouvais un plaisir étrange à la pensée de Vendello ne jouant que pour moi.

Il me tournait le dos. Je poussais les fauteuils et les chaises, je m'asseyais par terre à l'angle de la bibliothèque. On ne se parlait pas. Il ouvrait la boîte noire. Le violoncelle était allongé dans la mousse. Il fermait la main droite autour du manche, juste sous les chevilles, il passait la main gauche dans le dos du violoncelle. Il mettait l'instrument debout, le portait avec lui et s'asseyait sur un tabouret au milieu de la pièce. Le corps de bois reposait sur un pied chancelant, semblable à celui des toupies. Vendello retenait le violoncelle contre son épaule. Il remontait ses manches. Dans le silence, ça n'était qu'une caisse creuse, obèse et lourde. Vendello fermait les yeux, inspirait longuement, approchait l'archet du manche. Il arrondissait le coude, suspendait le mouvement. L'archet touchait les cordes, aérien, à fleur de crin. Les premières minutes, Vendello choisissait quelque chose de doux, de galant, une mélodie d'accompagnement où le violoncelle s'efface derrière les autres instruments à cordes. Il aimait par-dessus tout Mozart, et dans Mozart la *Petite musique de nuit*, dont le nom évoquait déjà les chuchotements, la pénombre, les pas feutrés. Il voulait des murmures, il faisait de la place aux silences. L'archet glissait, le bras enveloppait le violoncelle. Le corps de l'un répondait à l'autre, ils entraient en conversation. Ils s'apprivoisaient. Pendant un moment, j'étais presque de trop. Puis le son montait. Vendello s'animait. Il entamait des sonates, des pans de concerto. Le bras s'affolait, *allegro,* l'archet sillonnait les cordes. Vendello relevait la tête, secouait ses boucles grises, il semblait quelquefois qu'il allait crever le bois. La musique enflait, la pièce était trop étroite pour contenir tant de volume. Les murs éclataient, *vivace.* L'archet redevenait léger, *andante,* puis grave. *Largo.* Nous étions dans un cube de brique et de ciment, sous un toit à Paris. Vendello se levait, enfermait l'instrument inerte dans la boîte noire. C'était fini.

Le frère de Vendello est venu passer quelques jours à Paris. Je suis rentrée chez moi. J'ai retrouvé ma chambre, l'odeur âcre des feuilles moisies, des fleurs fanées. Et l'obsédant visage de Sophia morte. Épuisée par plusieurs nuits d'insomnie, j'ai décidé de rendre visite à ma tante Amélie, la sœur aînée de ma mère. J'avais appris que le notaire venait de lui remettre les photographies de jeunesse de ma grand-mère.

Amélie, c'était jusqu'alors un nom parmi les noms du carnet à spirale. Nous nous étions croisées à Toisan plusieurs fois. Je l'avais aperçue le jour de l'enterrement. Nous ne nous étions pas parlé. Il y avait trop de monde, trop d'inconnus.

Amélie habitait derrière le Père-Lachaise. Ce n'était pas très loin de la rue Oberkampf. Je m'y suis rendue à pied. J'ai marché au milieu des jeux de ballon, des spectacles de rue qui s'offraient au soleil. L'air printanier entrait par les fenêtres. Dans la rue, les gens souriaient. On dénouait les écharpes, les cols étaient ouverts. Plus de méchante bruine, de vent glacé sous les manteaux, de lèvres gercées. Fini les pieds mouillés jusqu'au soir. Le printemps rendait joyeux.

C'était un jour jeune et bleu, comme neuf sous le soleil, un jour trompeur. Le temps de l'insouciance était fini.

Je suis passée devant le kiosque à journaux. Des magazines féminins tapissaient la devanture, étalant tous les mêmes titres de saison, les mêmes visages d'anges sur des corps de statues, les mêmes régimes amaigrissants, les mêmes cures de jeunesse. Chaque année les mêmes bonnes résolutions. Chaque fois un peu plus difficiles à tenir. « Rester jeune », titrait *Marie Claire*. Trop tard. Je savais que ni le bifidus actif, ni les crèmes hydratantes anti-radicaux libres, ni les germes de soja, la thalassothérapie, les orgasmes multiples ou le thé vert ne pouvaient venir à bout du temps qui passe.

Les portes des boutiques étaient ouvertes sur la rue.

— Un jour pareil, ça donne envie de neuf, s'exclama la boulangère.

— Ça, oui ! a répondu la cliente. J'ai rangé les vêtements d'hiver dans la naphtaline. Je vais me faire un petit plaisir…

— Ils ont de belles choses chez Lili, vous avez vu ?

Neuf. C'était dans l'air du temps. Guerre à l'usure, à la patine. Tous les ans, aux premiers soleils.

J'ai laissé derrière moi la Villette. Au printemps, elle gardait son visage d'hiver. Ou plutôt, elle n'était pas sensible aux saisons. L'herbe était toujours verte. Il n'y avait pas d'arbres, pas de fleurs. En avril, le soleil cognait juste un peu plus fort contre le métal. Ça brûlait les yeux, ça hurlait, ça faisait mal aux dents. Quelques jours auparavant, j'attendais l'heure de mes cours appuyée contre un pilier de fer. J'avais remarqué, juste au-dessus de mon épaule, un clou couvert de rouille. Une toute petite tache orangée, invisible sur l'ensemble. Une anecdote. À ce moment précis, le goût de la rouille était entré dans ma bouche. Les jours suivants, il était revenu sous ma langue, devant les carrosseries de voiture, la tuyauterie abîmée de mon appartement ou mon vieil ouvre-boîte. J'avais fait plusieurs fois le même rêve effrayant. Je sortais du métro face à la Villette, et je me dirigeais vers le pilier. Plus je m'approchais, plus le point minuscule s'élargissait. La rouille grignotait le fer. Elle progressait à chaque pas, elle courait sur les poutres, les poutrelles, les plafonds. Les boulons sautaient. Des morceaux de fer se détachaient un à un, balançaient dans un grincement atroce et s'effondraient sur le sol dans des nuées de limaille rousse. Il pleuvait du fer jusque dans ma bouche. Brusquement, des taches brunes apparaissaient sur mes mains. Tandis que la Villette tombait en morceaux, mes bras se couvraient de plaques sombres. Les vitres de la Grande Halle volaient en éclats, les piliers se cambraient, proches de la cassure. La rouille mangeait mon cou, mon visage, mon dos. Elle entrait par mes narines, brûlait l'intérieur de ma tête, et je me détachais en fins copeaux de métal mort. C'est là que je me réveillais. Je me précipitais à la salle de bains, je me lavais les dents, je faisais mousser le dentifrice dans ma bouche. Je regardais mes mains mouchetées de grains de beauté.

J'allais parmi les joies du printemps, grave, silencieuse, automnale. J'avais téléphoné à ma tante le matin même. Amélie avait pris un ton goguenard :

— Un fantôme ! Je rêve ?

— Je voudrais voir les photos de Sophia que tu as reçues du notaire.

— Je savais bien qu'il y avait une raison ! Bon, tu veux venir quand ?

— Quand tu veux.

— Alors maintenant. Je suis pas mal occupée ces temps-ci.

C'était un jour éblouissant. J'avais sorti mes lunettes de soleil. J'étais vêtue d'un jean, d'un vieux blouson et d'un baiser de

Vendello ; juste à la racine des cheveux, là où ça faisait si mal.

Amélie a ouvert sa porte une cigarette entre les lèvres.

— Salut, ma belle ! Je te laisse entrer, le café va bouillir.

Amélie s'est précipitée vers la cuisine, laissant derrière elle une traînée de cendres. Elle ne changeait pas. Célibataire depuis toujours, elle vivait dans un deux-pièces HLM où s'entassaient des meubles rafistolés dont les brocantes ne voulaient plus. Elle était à l'image de son atelier : couverte de poussière et de peinture, les vêtements en désordre, les cheveux en bataille. Elle allait pieds nus, le corps enfilé dans des salopettes informes et délavées. Elle mâchait la bouche ouverte, riait du fond du ventre et parlait comme une mitrailleuse. Ma mère disait d'elle : « C'est un homme à l'état brut. »

J'ai traversé l'appartement entre les sachets plastique, les chiffons pleins de peinture, les pinceaux trempés dans la térébenthine. Amélie épongeait la gazinière. Je me suis assise à table devant un bol de pop-corn mous. Au fond d'un cendrier, un mégot fumait encore.

— Tout a débordé, chaque fois ça me fait le coup. Tiens, ouvre un peu la fenêtre. Clope et café cramé, on fait mieux comme accueil.

J'ai ouvert la fenêtre et respiré une grande goulée d'air printanier.

— Tu veux du sucre dans ton café ?

— Non, merci.

— Ah ta ligne, ta ligne ! Tu en auras vite marre, va. On se prive, on crève quand même.

— Je n'aime pas le café sucré.

Amélie écrasa sa cigarette dans une peau d'orange. Elle posa les bols et me tendit un petit paquet enveloppé de papier kraft. À l'intérieur, sur le dessus de la pile, une carte aux contours abîmés, datée du 3 mars 1909. Un bébé poupon habillé de dentelles. « *Sophia Camille Marie, née le 20 février 1909 à Rouen, et baptisée le 3 mars en la cathédrale de S…* » J'ai étalé les photographies devant moi. Amélie a pris une autre cigarette, aspiré une bouffée de tabac. Elle a soufflé la fumée par les narines, toussoté, bu une gorgée de mauvais café. J'avais sous les yeux une vingtaine de tirages en noir et blanc. Il y avait quelques photographies de mariage,

156

des clichés de Sophia avec ma mère et ses frères et sœurs adolescents, un portrait d'officier de marine au garde-à-vous, une casquette blanche impeccablement vissée sur le crâne : mon grand-père la veille de son départ à la guerre. Une écriture pointue légendait plusieurs clichés.

« *Les trois sœurs : Laure, Clémence et Sophia (d. à g.).* » Les petites filles étaient debout au milieu d'un jardin grec en carton-pâte. Elles étaient vêtues de robes crème et de souliers vernis, toutes trois brunes et pâles, tenant l'une un cerceau, l'autre une poupée de chiffon, la troisième un petit chat. Elles regardaient quelque chose par-delà le cadre de la photographie.

« *Sophia, 1928.* » La jeune femme était presque de dos. Elle était nue. Le tissu qui l'enveloppait avait la blancheur de sa peau. Grain rugueux du coton contre la chair laiteuse. Les épaules étaient découvertes. La jeune femme retenait ses cheveux d'une main et de l'autre serrait contre sa poitrine le tissu indocile. Quelques boucles lascives tombaient sur sa nuque. On devinait le visage dans le creux du coude replié. Regard tendre sous les cils, sourire timide. Plaisir et pudeur.

Amélie recula sa chaise.

— Tu t'intéresses à tes ancêtres, maintenant?

— Elle est belle, cette photo.

— T'es quand même bizarre, toi. Tu ouvres pas la bouche, tu poses jamais de questions. La famille, tu t'en fous pour ainsi dire. Et paf! tout d'un coup c'est urgent, il faut que tu voies ces photos, question de vie ou de mort. Je comprends rien. Toujours pas de sucre? Ah oui c'est vrai, la ligne.

Amélie se coupa une tranche de pain. Je regardais ses larges épaules, ses mains calleuses. La jeune fille de la photographie avait la poitrine petite, les hanches étroites et les doigts fins. On croyait pouvoir caresser les courbes de son corps en les suivant des yeux. Amélie était taillée dans le roc, pleine d'angles, brutale comme un coup de poing. Sophia avait mis au monde un peintre en bâtiment qui se prenait pour une artiste.

— Viens voir, dit Amélie en écrasant sa cigarette.

J'ai enjambé les pots de peinture, les tableaux inachevés et les chevalets couchés sur le sol. Je suis entrée dans le minuscule atelier.

— Ta ta ta ta, ta ta ! chanta Amélie en arrachant le tissu qui couvrait une toile. Voici *Synthétis*, ma dernière œuvre, en mémoire de ma mère. Sophia en version essentielle.

Elle salua gauchement et s'écarta pour me laisser voir. Il y avait là une femme sans âge, vêtue d'une robe crème à volants de dentelles et chaussée de souliers vernis. Un chaton était accroché à sa ceinture. Elle retenait d'une main une longue chevelure blanche dont quelques boucles, touchant le sol, se muaient en vaguelettes. La tête cognait le bord de la toile, le corps, décalé sur la droite, en épousait les contours. Une étendue d'eau occupait les trois quarts de l'espace.

— Alors ? fit Amélie.

J'étais mal à l'aise.

— Tu t'es inspirée des photos ?

— Ouais.

J'ai hoché la tête en silence, priant pour qu'elle se taise, pour qu'elle ait faim ou soif, que le téléphone sonne et qu'on en finisse.

— Encore un peu de café ? demanda mollement ma tante.

— Je dois y aller, merci.

Je suis rentrée chez moi avec en tête les courbes douces de Sophia jeune et les couleurs de *Synthétis*. C'en était fini du visage de la morgue.

Je pensais à la mère de Lucien Daubart. À chacun son épitaphe. Divines chevilles, belle âme et colle de nerfs. Robe crème, souliers vernis et boucles blanches. Je me suis demandé ce qu'on dirait de moi si je mourais tout de suite, foudroyée en pleine rue sous le soleil de printemps. Probablement rien. Pas même des niaiseries. Pas d'épitaphe pour un caillou roulé, une feuille sèche, une flaque évaporée. Remplacées par d'autres. Il n'y a rien à en dire.

J'ai demandé à Vendello ce qu'il inscrirait sur ma pierre tombale.

— Quelle question !

— Dis-moi.

Il m'a regardée un long moment.

— J'écrirai : «Ci-gît… la note sensible.»

J'ai froncé les sourcils.

Vendello s'est levé, il a fouillé dans un coffre en bois.

— *Théorie de la musique* de Danhauser, 1929 ; *le* Danhauser, pour les initiés. Paragraphe 110, la note sensible : «Septième degré d'une gamme, ainsi nommé à cause de la tendance qui le porte vers la tonique dont il n'est séparé que par un demi-ton diatonique — la tonique étant le degré le plus important de la gamme.»

Vendello a posé le livre.

— Tu es le demi-ton. Tu es l'entre-deux, la note suspendue, l'équilibre fragile. Tu es le vacillement qui contient la chute, tu es le *fa* dièse qui frôle le *sol*, un presque *sol* ; tu es la défaillance retenue d'extrême justesse, tu es le bord de l'abîme. Tu es ce qui pourrait être et qui n'est pas, tu es un possible. Tu es cette note en mouvement obligé vers une autre, qui voudrait se confondre avec elle et ne se confond pas. Tu es l'incertitude. Tu es la note sensible.

Vendello a fermé le coffre en bois. Il m'a pincé la joue en riant.

— Tu comptes nous quitter, ragazza ? Je

t'emmène au cinéma. Pendant qu'il est encore temps...

Le lendemain matin, des voix d'enfants m'ont tirée hors de mon lit. J'ai regardé par la fenêtre. Au milieu de la cour s'élevait, étincelant sous le soleil, un énorme monticule de laine jaune. Juchés sur des bobines plus grandes qu'eux, les enfants arrachaient la laine par poignées et lançaient dans les airs une charpie dorée qui retombait en flocons sur les pavés. Certains jouaient à cache-cache, glissaient sous les rouleaux, escaladaient l'étrange construction. Au-dessous de moi, un petit garçon enjamba le balcon du premier étage. Je me rappelle avoir crié. Il se tenait à la rambarde, un pied dans le vide, suspendu au-dessus de la montagne de laine. J'ai ouvert la fenêtre. Le petit garçon se laissa tomber en riant. Sous son poids, l'édifice s'effondra dans un bruit mou. Les bobines roulèrent sur les pavés, les enfants se réfugièrent contre les murs.

Mme Petit apparut devant sa porte, un chiffon à la main.

— Mais qu'est-ce que vous faites ! Venez par ici. Dépêchez-vous ou je vais me fâcher. Émilie, fais voir tes mains.

Mme Petit montra aux enfants les paumes de la petite fille.

— Vous avez vu ? Tout rouge ! Et ça va piquer toute la journée. C'est de la laine de verre, ça, pas du coton ! Faut pas toucher.

Les enfants regardaient leurs mains.

— Allez, je ne veux plus vous voir.

Ils s'éparpillèrent dans la cour.

Je me suis habillée, j'ai descendu l'escalier. En bas, cinquante rouleaux de laine gisaient sur les pavés. J'ai frappé à la porte de Mme Petit.

— Qu'est-ce que c'est, tout ça ?

— C'est les travaux d'isolation, pardi ! Vous n'êtes pas au courant… ?

— Non.

— Décision du syndicat des copropriétaires. Les cloisons sont trop fines, il paraît. Des locataires se sont plaints du bruit. Alors ils vont isoler tout l'immeuble. Vous aussi, d'ailleurs, ne vous inquiétez pas.

— Mais quand ?

Mme Petit fit un vague geste de la main vers le ciel.

— Ça, je peux pas dire. Ils vont commencer en même temps par le huitième et le rez-de-chaussée. Vous, le quatrième, c'est au milieu. Les derniers servis, quoi. Allez, trois ou quatre mois peut-être.

— Merci.

En traversant la cour, j'ai croisé le regard du petit garçon qui avait sauté du premier étage. Il avait le front appuyé contre la vitre, devant le balcon. Il me tirait la langue.

J'ai regardé les allées et venues des ouvriers aux mains gantées, entre la cour et l'escalier. Quelques jours plus tard, j'ai surpris la conversation téléphonique d'une locataire du rez-de-chaussée, devant sa fenêtre ouverte.

« Ça change tout, disait-elle d'une voix soulagée, tu n'imagines pas ! Comment ?... Non, même dans l'escalier, je n'entends rien. Les enfants, la musique, la télévision, terminé. Il était temps. »

J'ai appelé M. Duvet, le propriétaire de mon appartement.

— Monsieur Duvet, c'est obligatoire, l'isolation ?

— Ne me dites pas que vous préférez le bruit, mademoiselle.

— Il n'est pas tellement bruyant, cet appartement…

M. Duvet se racla la gorge.

— Il est extrêmement bruyant.

— Pourtant, ce n'est pas ce que vous disiez lorsque je l'ai visité la première fois.

Le propriétaire ne répondit pas tout de suite. Il bégaya :

— Qu'est-ce que c'est, votre appartement ? C'est bien le 205 ?

— Non, le 203.

M. Duvet réfléchit.

— Oui, c'est vrai qu'il est plus calme que le 205. Mais on m'a dit qu'un musicien, depuis quelque temps…

— Nous aimons les mêmes musiques.

— Mademoiselle, vous ne serez pas toujours là. On s'occupera de votre appartement pendant l'été.

On allait m'isoler.

Le samedi suivant, je me suis levée avec le *Requiem* de Mozart. J'avais ouvert ma porte en grand. Vendello avait penché la tête dans le couloir.

— Bonjour, ragazza ! Tu as… une demi-heure. Je t'emmène à la mer.

Je me suis rappelé ma joie lorsque, au retour des vacances de Noël, j'avais trouvé dans ma boîte aux lettres un carton de Vendello m'invitant chez lui pour la galette des Rois. Une joie pétillante, céleste. Il me semblait à peine toucher le sol, je dansais dans ma cuisine, je faisais des entrechats dans la salle de bains. Je frissonnais de trac, je mourais d'impatience, je riais, légère et mousseuse, printanière. À présent, ma joie était souterraine.

Une goutte de crème sur les joues, sur le nez, le front et le menton. J'ai rangé le tube d'ambre solaire, la brosse à cheveux, la casquette dans mon panier. J'ai enfilé un T-shirt par-dessus mon maillot de bain. Trop large. Un deuxième. Trop étroit, ça n'allait pas. J'ai tressé mes cheveux devant la glace, en bikini et chaussettes blanches. J'ai jeté sur mon lit une serviette de bain, un K-way, des lunettes de soleil.

Je nous imaginais déjà approchant des dunes, poussant nos bicyclettes dans les herbes folles, grands cils penchés sous le vent, allant vers la mer. Nous laisserions les bicyclettes sur le sable et nous irions le long de l'eau, pieds nus peut-être, taquinant les vagues du bout des orteils.

J'ai ouvert le réfrigérateur. J'ai crié dans le couloir :

— Jambon ou gruyère ?

— Gruyère !

J'ai préparé les sandwichs, jeté pommes et bananes dans mon sac à dos. Nous pique-niquerions serrés l'un contre l'autre pour nous protéger du vent, les yeux plissés, les cheveux pleins de sel, les mains collantes. Nous nous coucherions face à face sur le sable tiède. Il fermerait les yeux, je chercherais le ciel sous ses paupières. Il s'assoupirait peut-être, je m'approcherais de lui, le visage enroulé dans son souffle tranquille. De loin, nous ressemblerions à deux amants endormis sur la plage, et dont les corps, parsemés de sable, se fondraient peu à peu dans la dune.

L'après-midi, nous marcherions sur la plage immense, nous gratterions le sable à la recherche de couteaux, de petits crabes bruns et de bernard-l'hermite tapis dans les coquilles. Le vent porterait à nos lèvres une bruine salée, des gouttelettes piquantes au coin des yeux. Ça nous ferait pleurer un peu, alors nous tournerions le dos au vent. Vendello poserait un baiser sur mon front, et nous reviendrions vers les bicyclettes, un peu perdus et chancelants, dans la blondeur de fin d'après-midi.

J'ai arrosé mes plantes, fermé les fenêtres. Huit heures cinquante. Il me restait cinq minutes. J'ai brossé mes dents en fredonnant le *Kyrie*. J'ai rempli une bouteille au robinet de la cuisine. Ce soir, nous pédalerions côte à côte en silence, par-dessus les bruissements d'ailes, le chuchotement des vagues au loin, le froissement des herbes sous le vent. Nous pédalerions dans l'air bleu de la nuit tombante, à l'heure où les contours se fondent, jusqu'à l'obscurité totale.

Tout d'un coup, ça m'est revenu. Le 24 avril, c'était aujourd'hui. J'ai lâché la bouteille, couru dans ma chambre, fouillé dans mon sac. J'ai tourné les pages de mon agenda à toute vitesse. C'était bien ça. Elle était peut-être déjà à l'aéroport, somnolant dans un taxi, ou dans ma rue, le nez en l'air, cherchant le numéro de l'immeuble. Elle pouvait même être en bas dans la cour. J'ai couru chez Vendello qui enfilait une chemise, baissé le volume et annoncé :

— Nina arrive. J'avais oublié. On ne peut pas partir.

— Qui est Nina ? demanda Vendello en relevant ses manches.

— Ma meilleure amie. Elle a passé cinq mois en Inde. Elle rentre ce matin.

Vendello s'approcha de moi.

— Et elle doit venir ici, c'est ça ?

— Oui.

Vendello a bu une gorgée de café. J'ai balbutié :

— On ne peut pas aller à la mer. Je suis désolée.

Il a posé une main sur mon épaule.

— Ne fais pas cette tête ! C'est pas grave, on ira une prochaine fois.

— C'est dommage.

— On a tout le temps d'y retourner. C'est pas la fin du monde, hein ? Ta meilleure amie rentre des Indes ce matin, c'est quand même une bonne nouvelle, ça !

Je tremblais un peu.

— Et toi, qu'est-ce que tu vas faire ?

— Moi ? J'y vais ! Tout seul, avec un ami, je ne sais pas. On verra bien ! Bon, tu prends un café ?

J'ai secoué la tête.

— Nina peut arriver d'une minute à l'autre.

— Eh bien laissons la porte ouverte, nous l'entendrons venir et je pourrai la saluer.

— Non, ce n'est pas une bonne idée. À plus tard.

J'ai embrassé Vendello, je suis sortie précipitamment en claquant la porte. Sa voix me rattrapa sur le palier.

— Ragazza ! Tu as encore de la crème sur la figure !

J'ai frotté le bout de mon nez. Nous n'irions pas à la mer. Nous ne pousserions pas nos bicyclettes dans les herbes folles. Pas de promenade sur le sable mouillé, pas de sieste dans les dunes, pas de sel dans les cheveux. Je ne chercherais pas le ciel sous les paupières de Vendello. Le soir tomberait sans nous.

— Ohé ! cria quelqu'un dans l'escalier.

Nina. Elle surgit en trombe sur le palier et s'arrêta net sur la dernière marche, à quelques mètres de moi. Elle éclata de rire.

— Tu vas à Paris-Plage ?

Je me suis souvenue de mes jambes nues dans mes chaussettes, des traces de crème solaire sur mon visage. J'étais en maillot de bain dans le couloir.

— Je… je suis allée rendre un livre à un voisin…

Nina posa son sac à dos. Elle était éblouissante. Elle me prit dans ses bras et me serra contre elle pendant plusieurs minutes, silencieuse. Elle avait le regard complice de ceux qui savent et se taisent. J'ai porté son sac dans l'appartement. J'ai fermé le robinet de la cuisine qui coulait encore. J'ai donné à Nina une serviette et des vêtements propres, elle a pris une douche dans la salle de bains. J'ai rangé le pique-nique dans le réfrigérateur, ouvert les fenêtres. L'évier débordait de vaisselle. J'ai lavé quelques tasses. Pas de café. Nina est sortie de la salle de bains, fraîche et dorée.

— Plus de café. Tu descends avec moi acheter le petit déj' ?

— D'accord.

J'ai enfilé un jean et un pull-over. Nous sommes descendues à la boulangerie. Les ouvriers montaient vers le septième étage, les bras chargés de rouleaux de laine, de plâtre et d'outils. Nina racontait son périple. Vendello appellerait sans doute Antonio, ou bien son frère Marco, de passage en France. Nous avons acheté du café, du pain, des fruits. Nina me tenait la main. Nous sommes rentrées dans la cour de l'immeuble. La baie vitrée brillait dans le soleil, les fenêtres étaient encore ouvertes. Vendello n'était pas parti.

— Qu'est-ce que tu regardes ? demanda Nina.

— Quoi ?

— Là-haut, qu'est-ce que c'est ?

— Un voisin. Ça a l'air pas mal, hein ?

Nina reprit son récit. Nous avons mangé au milieu des vêtements épars, des préparatifs interrompus. Nina a sorti ses photographies, m'a offert un collier et des bâtons d'encens. À onze heures est monté le son du violoncelle. Un prélude de Bach. Nina racontait le Kerala.

— Au petit matin, tous les jours, les

femmes décorent le sol devant leur maison. Elles saupoudrent le sable entre leurs poings fermés, dessinant des arabesques sur la terre ocre. Au lever du soleil, les rues sont couvertes de ces dessins éphémères que le vent et les passants effacent aussitôt achevés.

Vendello enchaîna un second prélude.

— Tu vois, ce geste m'a fascinée. On peut infiniment recommencer.

Nina s'est tue. Elle s'est enfoncée dans le canapé. Et puis elle a entendu, a souri et demandé :

— C'est ton voisin qui joue ?

— Oui.

— Mais c'est génial !

Elle s'est levée, cherchant la source de la musique. Elle est entrée dans ma chambre, a trébuché contre mon panier, s'est pris les pieds dans la crème solaire, la casquette, le K-way.

— Désolée…, dit-elle en rangeant mes affaires.

Elle s'approcha du lit, grimpa dessus, colla l'oreille au mur.

— C'est là, fit-elle. Il joue souvent ?

— Presque tous les jours.

— Il est musicien ?

— Je ne crois pas.

Nina s'est assise contre le mur. Je la regardais depuis le canapé, à l'autre bout de l'appartement. Grande, brune, les cheveux très longs. La peau juste un peu plus mate. Le cou renversé, elle avait fermé les yeux pour écouter. Je me suis levée, j'ai déposé les tasses vides dans l'évier. J'ai ouvert le robinet à fond, remué pour faire mousser le liquide vaisselle, frotté les casseroles.

— Viens ! cria Nina.

— Pardon ?

— Arrête la vaisselle, on verra ça plus tard ! Viens t'asseoir.

J'ai arrêté l'eau, posé les couverts pleins de savon, essuyé mes mains sur mon T-shirt. Vendello se remit à jouer Bach. J'ai rejoint Nina. Elle a pris ma main.

— Dis donc, tu as encore ces livres ! C'est pas croyable, nos pieds de table ! Tu te rappelles pour les dîners, la porte des toilettes posée dessus ?

— On accrochait des paréos entre le lavabo et la baignoire pour faire pipi sans être vues. Je me rappelle, bien sûr.

Nina fredonnait avec le violoncelle.

— Tu es bien ici ? Ça va Paris ?

— Ça va. Il suffit de le vouloir.

— Tu as rencontré des gens? Au Conservatoire, peut-être?

— Pas beaucoup. Je n'en ai pas besoin. Je peins souvent. Je m'installe devant la fenêtre là-bas. J'ai une jolie vue, tu ne trouves pas?

Nina approuva.

— J'adore les *Préludes*, soupira-t-elle en se penchant sur mon épaule.

Elle ne parla plus. Son souffle devint lent et régulier. Des cheveux glissèrent contre sa joue. Elle fronça le nez, écarta une mèche chatouilleuse et s'appuya contre mon bras. Elle tomba dans le sommeil. De l'autre côté de la cloison, des pas se firent entendre. J'ai allongé Nina doucement. J'ai fermé sans bruit la porte de ma chambre. Je me suis précipitée dans le couloir. Vendello fermait sa porte.

— Ragazza! Comment va Nina?

— Elle dort.

Vendello croquait une pomme.

— Tiens, dis-je en lui tendant un petit paquet enveloppé d'aluminium.

— Qu'est-ce que c'est?

— Ton déjeuner.

Vendello pris le sandwich et garda ma

main. Il m'embrassa au creux de la paume, là où c'est le plus tendre, et dévala l'escalier.

J'ai mangé mon gruyère devant la fenêtre, la joue dans la main.

Au mois de mai, les terrasses de café s'étiraient sur les trottoirs, dans les parcs on squattait les pelouses. Mes élèves passaient les cours à regarder dehors. Vendello avait des envies de soleil et de promenades. Petit à petit, avec le printemps, le silence est venu dans l'appartement. Certains soirs, plus une seule note de musique.

— Tu ne joues plus beaucoup. Tu n'es pas souvent chez toi.

— J'emmène le violoncelle avec moi.

Vendello ne jouait pas moins. Il jouait ailleurs.

Le dimanche, il multipliait les escapades en dehors de Paris. Il me parlait de verdure et de bord de mer, il promettait le soleil et m'invitait à le suivre.

— Les pique-niques au bord de l'eau, la sieste dans l'herbe tiède, une promenade sur la rivière… ça te plairait.

J'avais le cœur au bord des lèvres.

— Tu verras, Antonio est un sacré numéro. Marie a ton âge, c'est une incroyable flûtiste…

Antoine, Marie. Qui d'autre encore ?

— Non, c'est gentil. Tu me raconteras.

À la fin du mois, Vendello est parti deux jours en Bretagne. Nous ne nous étions pas quittés depuis janvier. Le vendredi soir, j'ai entendu des voix de femmes dans l'escalier. On a sonné chez lui. Il a sorti sa valise, fermé à clé, dévalé les marches en hurlant joyeusement : « Bon week-end, ragazza ! » Le silence est tombé. Il durerait deux jours.

Pont-l'Abbé, avait dit Vendello. J'ai ouvert le dictionnaire. « Pont-l'Abbé, commune du Finistère (29). 7 374 habitants. Artisanat traditionnel. » J'ai regardé la carte de Bretagne. Un petit cercle gris sur l'anse de Bénodet. En face, les îles des Glénan. Derrière, la Cornouaille et la Montagne Noire.

Le lendemain matin, je suis allée à la librairie. J'ai pioché un atlas. Pont-l'Abbé était en pleine région bigouden. La légende indiquait un musée de coiffes et de costumes, une église romane à deux rosaces et un jardin botanique appelé Kerveler. *La gastronomie française* vantait les homards cuits aux algues, les bavarois d'araignées de mer, les palettes de poissons aux coquillages. J'imaginais Vendello les doigts pleins de sel et de citron, cassant les carapaces, servant le vin blanc. Les guides touristiques suggéraient une promenade côtière ou une boucle dans les terres. Je n'imaginais pas Vendello dans les prés gras, les églises obscures, les villages de pierre grise. Il choisirait sans doute de longer la mer.

— La Bretagne vous intéresse ?

La vendeuse promena un regard amusé sur les piles de livres autour de moi.

— Je jette un coup d'œil.

Sur une carte, j'ai cherché les plages et les ports de plaisance, imaginé Vendello dans les rues étroites, sur les jetées parmi le cliquetis des mâts. Loctudy, Saint-Guénolé, Le Guilvinec. J'ai acheté plusieurs guides. Je les ai lus sur mon lit, allongée dans un rayon de soleil, pendant deux jours. J'ai rêvé de bateaux dans le creux des vagues, de mouettes blanches et de grand vent. Un chien jouait sur la plage. Nous étions seuls.

Vendello est rentré le dimanche, à la nuit tombante, la peau brune, les cheveux en bataille. Nous avons bu un verre de cidre. Il m'a raconté la pointe de Penmarc'h.

— Ça coupe le souffle. Deux phares plantés sur une avancée de terre. Autour, la mer en furie, et c'est tout.

J'ai retrouvé la silhouette des phares dans le soleil couchant, et l'écume rose sur les récifs.

— Samedi, nous avons fait une promenade le long de la rivière …

C'était le chemin de halage. Je me rappelais les photographies des berges bordées de pins, et le menhir de Penglaouic au milieu de l'eau, sur lequel venaient se poser les oiseaux migrateurs.

— Tu aurais beaucoup aimé, ragazza.

— Sans doute.

Ensuite, il y a eu les périples de Vendello dans les Landes, le Pays basque. J'ai avalé des chapitres entiers sur la faune et la flore, le folklore. J'ai respiré les odeurs vertes de campagne au petit matin, le sable et l'iode des rivages atlantiques. Vendello revenait les mains pleines de soleil, de biscuits, de cartes postales. Il racontait ses voyages, oubliait les noms des villages, des rivières, des collines que je connaissais par cœur. J'avais en moi des kilomètres de côte, de forêts et de plaines cachées. Je ne disais rien.

À son retour, Vendello retrouvait le violoncelle. Adossée au mur de ma chambre, des livres épars autour du lit, je serrais l'oreiller contre ma poitrine. Les premières notes me tordaient le ventre de douleur et de joie. Je pleurais.

Les ouvriers de l'immeuble, armés de leurs rouleaux de laine de verre, montaient et descendaient l'escalier tout le jour. Les travaux continuaient à présent au deuxième et au sixième étage. Ils se rapprochaient, semaine après semaine, de nos appartements. Ce vendredi soir-là, selon son habitude, Vendello préparait son sac de voyage.

— Où vas-tu cette fois-ci?

— Pas loin. À Dinard, chez des amis. Le chef d'orchestre de *Don Giovanni*, tiens!

— Encore Dinard?

Dinard. J'avais déjà tout lu.

— Vous allez faire du bateau peut-être, naviguer le long de la côte?

— Non, je ne pense pas.

Ce serait Dinard intra-muros, Dinard seulement.

Vendello est parti. J'étais debout face à la porte, j'écoutais chaque pas l'éloigner un peu plus. Il n'y aurait rien d'autre à faire qu'attendre. J'ai attrapé le grand sac de sport sous le lit, tiré la fermeture Éclair et regardé les livres en vrac. Je suis restée à genoux sur le parquet, devant les photographies cent fois détaillées de la plage et ses rangées de bungalows, à marée haute, à marée basse, et de la baie de Saint-Lunaire où les voiliers naviguent.

Combien de week-ends déjà ? Combien d'arrachements ? Combien d'heures debout dans les rayons de la librairie ? Les secondes perlaient, une à une, lentes, si lentes et vides. Il me montait au ventre des sanglots d'impatience, de colère et d'amour. Dinard me privait même du rêve.

Tout d'un coup j'ai pensé au chef d'orchestre. Il restait le chef d'orchestre. J'ai ouvert les tiroirs, vidé le sac de sport, soulevé mes dossiers de cours à la recherche du programme de *Don Giovanni*. Je l'ai trouvé coincé entre deux romans de Fitzgerald.

Son nom était écrit en grandes lettres noires : Sergueï Noureguiev. Combien d'articles dans les dictionnaires ? J'ai dormi un peu pour écourter la nuit.

Le lendemain matin, je suis sortie à neuf heures moins cinq, ma lune en céramique dans le creux de la main. Ça sentait le pain frais jusque sur le trottoir. Ma gorge grattait. L'air était plein de pollen. C'était presque juin, l'été approchait. La librairie ouvrait à neuf heures et demie, j'avais un peu de temps pour marcher. J'ai coupé par le square. Des mères et leurs enfants jouaient à colin-maillard dans un tourbillon de poussière. Sergueï Noureguiev ; je me suis rappelé la silhouette mince, le crâne dégarni. Il avait serré la main de Vendello puis était descendu dans la fosse. L'enfant aux yeux bandés se cogna contre mon ventre. Il tira sur un pan de chemise à la recherche de mon visage.

— Qui c'est ? Qui c'est ? cria-t-il.

Je détachai ses doigts un à un pour me libérer. Il se mit à rire et agrippa mes mains.

— Tu m'échapperas pas, qui es-tu ?

— Dites-lui votre nom, chuchota une femme à mon oreille.

Je me suis dégagée brusquement. La fève bleue a volé jusque dans le bassin. J'ai bousculé l'enfant, il s'est mis à hurler. J'ai plongé la main dans l'eau, attrapé la céramique et bredouillé en passant des excuses à la mère et au petit garçon qui hoquetait entre ses jambes. Je suis partie sans me retourner, le cœur battant, la fève dans ma poche.

La librairie était au coin de la rue. On m'a indiqué un rayon au fond du magasin. J'ai ouvert l'*Encyclopédie de la musique*. Noureguiev était né à Moscou en 1950. Il avait été violoncelliste puis chef d'orchestre à l'âge de trente ans. J'ai fouillé les étagères à la recherche d'une biographie, d'un essai, d'un récit où figurerait le nom de Noureguiev.

Quelqu'un est passé en sifflotant *Madre Mia*. J'ai regardé autour de moi, j'ai fait quelques pas dans l'allée. On n'entendait plus que des chuchotements et le frottement des semelles contre le sol. J'ai feuilleté l'album de l'Orchestre symphonique de Moscou. On y voyait des photos de Noure-

guiev jouant du violoncelle, à seize ans
devant une assemblée de militaires en uni-
forme, à vingt ans dans un quatuor à cordes
près de Budapest, à vingt-cinq ans soliste à
Prague. De nouveau, *Madre Mia* par-dessus
les voix. J'ai penché la tête de l'autre côté
du présentoir, croisé le regard surpris d'une
jeune femme.

— Vous cherchez quelque chose ?

Un bras frôla le mien. J'ai tourné la tête.
Le livre me tomba des mains tandis que
s'éloignait, sans hâte, une silhouette familière. Les boucles grises de Vendello dispa-
rurent dans l'escalier.

J'ai remonté l'allée en renversant des piles
de livres sur mon passage, passé les caisses.
Les boucles grises franchissaient le seuil du
magasin. J'ai trébuché dans l'escalier, bousculé une jeune femme. Il s'éloignait dans la
rue, de l'autre côté de la vitre. J'ai voulu sortir, être sûre. Les portes automatiques s'ouvraient et se fermaient devant moi dans un
bruit de caoutchouc. Le soleil brillait par
intermittence. Ouvertes, fermées, ouvertes,
fermées. Les boucles grises devant le kiosque à journaux. Noir. Les boucles grises
penchées sur *Le Figaro*. Noir. Les boucles

184

grises s'enfonçant dans le métro. Plus de boucles grises. Un employé du magasin a tiré sur une manette rouge. Les portes se sont ouvertes dans un soupir. J'ai couru dans le métro. J'ai fait le tour de la station, j'ai remonté chaque quai.

Je me suis assise sur un siège de plastique, essoufflée. Ce ne pouvait pas être lui. Vendello ne lisait pas le journal.

Il y a eu une troisième, puis une quatrième fois à Dinard, chaque fois chez Sergueï Noureguiev. Plus de livre à lire, plus une ligne de dictionnaire, d'atlas, de guide touristique, d'album photo. Rien. J'ai peint des paysages que je n'avais vus qu'à travers les yeux d'un autre, des phares, des baies bretonnes rêvées par mon cœur. Vendello continuait ses voyages.

Alors j'ai connu des hommes.

J'ai oublié le visage du flûtiste. La mélodie, je ne m'en suis jamais souvenue. Et puis peu importait la mélodie pour une fois, puisque j'allais séduire, puisque j'allais être une autre ; la mélodie, ça m'était égal. C'était une de ces fêtes bruyantes où l'on danse, où l'on boit, où les gens ne se parlent pas. Les professeurs du Conservatoire disaient que ma présence était un miracle. Moi, au milieu du jardin, je regardais les lèvres d'un flûtiste. Devant cette bouche, je mourais de soif. Tout était dessiné autour d'elle. Je la voulais. Le reste du corps n'était qu'une annexe. On tirait ma manche, on voulait me faire danser, on me tendait un verre en passant, on s'arrêtait à ma hauteur en cherchant un début de conversation ; on tirait sur sa cigarette, on me souriait, mal à l'aise, on était patient. Et puis enfin on m'oubliait. À cette heure-là, Vendello terminait peut-être un dîner en bord de mer. Il marchait avec ses amis sur la promenade, cheveux au vent et col de chemise relevé. La bouche du musicien a souri. Elle s'est refermée. Le flûtiste s'est baissé, il a ouvert un étui et a rangé sa flûte. Son visage a disparu sous une cascade de boucles brunes. Les gens se dispersaient. Il ne restait plus que moi. Il m'a regardée. Il a ri. Il m'a fait un signe de la tête, quelque chose comme un bonsoir sans engagement, une politesse amusée. Je l'ai regardé entier. Il portait un pantalon usé aux genoux, une veste sans forme. Dans la rue, en passant, je l'aurais imaginé batteur ou bassiste, au sous-sol d'un café sombre à trois heures du matin. Je restais immobile.

— Vous aimez la flûte ?

— Votre bouche est dessinée pour elle.

Il a ri encore. J'étais ridicule.

Dès le matin la parenthèse était refermée. Autour de la bouche, ça ne m'intéressait pas.

— C'est allergique ? me demanda l'infirmier en entrant dans la cabine, une seringue à la main.

Cette courte question a suffi. Le « r » l'a trahi. J'ai attendu qu'il parle à nouveau ; après tout il n'était peut-être qu'espagnol, portugais ou sud-américain, roumain même. Il était infirmier. Son métier était de piquer, de panser, de désinfecter, de recoudre. On ne pouvait pas lui reprocher de se taire en travaillant. Il a fait sa piqûre de cortisone. Je me suis rhabillée, et à nouveau il a jeté un œil sur l'ordonnance.

— Prenez les cinq rendez-vous avec la secrétaire. Bonsoir.

Latin. Je n'étais sûre que de cela. Il était latin.

À la deuxième piqûre, je lui ai demandé d'où il venait; il venait de Rome. À la troisième, je lui ai demandé pourquoi il était à Paris; il adorait la France, il habitait dans le quatorzième arrondissement, il collait déjà dans ses cahiers de classe les photos de Doisneau. À la quatrième piqûre, je portais une robe d'été; il a piqué directement sous ma robe et ça l'a fait rire. À la cinquième, je lui ai rappelé que c'était la dernière piqûre.

— Vous avez vu la rétrospective Doisneau à la Maison de la Photographie?

— Pas encore, a-t-il répondu.

— Je pense y faire un tour samedi. Voulez-vous m'accompagner?

— J'ai promis à ma femme d'y aller avec elle.

J'ai regardé sa main sur ma cuisse. J'ai rougi. Il portait une alliance.

L'avocat d'affaires, je l'ai rencontré dans une brasserie, à l'heure du déjeuner. Depuis quelque temps, je me forçais à entrer là, tous les jours à la même heure. Je commandais au hasard, je parcourais le journal, je mangeais à peine. Entrer dans un restaurant comme tout le monde, ça me rassurait. Il s'est assis en face de moi. J'ai sursauté. Il s'est excusé, il a dit que j'étais ravissante et m'a demandé s'il pouvait m'inviter à déjeuner. Il était jeune, la trentaine peut-être. Il avait une voix grave et moirée, une voix rassurante qui donne chaud aux femmes. Je ne disais rien. Alors il a parlé de moi, tout le temps. Depuis quelques semaines, assis à une table voisine, il avait aperçu mes dossiers du Conservatoire, noté le titre de mon quotidien, essayé de deviner mon âge, remarqué la couleur de mes vêtements. Il a baisé ma main et s'est penché vers mon oreille : « Même votre silence est adorable. » Il a demandé à me revoir le soir même. J'ai accepté. Il a hélé un marchand de fleurs qui passait entre les tables ; il a acheté un bouquet d'œillets rouges. À Dinard, Vendello levait son verre à la santé du chef d'orchestre, les lèvres brillantes de beurre et de sucre.

Il m'a emmenée au théâtre, nous avons dîné dans un restaurant très chic. Il gardait un œillet à la boutonnière. Il a fait des hypothèses sur ma vie en acceptant que je me taise. J'ai souri quelquefois aux fantaisies de son imagination. J'écoutais d'une oreille distraite. Après le bouquet d'œillets il pouvait même mentir. Quelques heures plus tard, ses mains étrangères effleuraient mes seins, il embrassait mon ventre, ma bouche, mes épaules. Je fermais les yeux. Je supportais ces caresses en imaginant un autre visage au-dessus du mien, un autre corps dans mon corps. Mon plaisir était mêlé de boucles grises, du souffle de l'absent sur ma peau, de son odeur soudain retrouvée ; j'ai mordu ma lèvre pour ne pas chuchoter son nom, pour m'empêcher de le crier dans la jouissance tandis qu'à des centaines de kilomètres, il jouait du violoncelle sous les étoiles.

L'avocat s'est couché sur le dos, apaisé. Il a dit qu'il m'avait suivie plusieurs fois jusqu'au Conservatoire, que mon béret me donnait l'air d'une collégienne et que je marchais trop vite ; qu'un jour il avait vu un homme m'attendre devant la Villette et m'offrir des œillets rouges. «J'ai vu ton sourire. J'étais séduit.»

J'ai changé de brasserie. Il ne m'a pas cherchée. Je ne l'ai plus revu.

Juillet est arrivé. Les touristes ont envahi les plages. Dinard est devenu infréquentable. J'ai béni les vacances scolaires.

IV

L'été, Paris avait l'éclat d'une lame au soleil.

Par ma fenêtre, le ciel était blanc. Les toits étaient blancs. À midi les couleurs avaient disparu. Le soleil disputait à l'ombre chaque rue, chaque façade, jusqu'au parquet des appartements. Les contrastes taillaient au hasard dans le béton. On plissait les yeux sous la brûlure. Je tirais les stores jusqu'à la fin de l'après-midi. Quand je les relevais, la lumière était caressante. Toutes les teintes convergeaient vers l'orange. L'été, c'était des jours où l'obscurité ne vient que lorsqu'on ferme les paupières. J'adorais l'été. En fin d'après-midi, je me mettais souvent à peindre. Les gens de l'immeuble ouvraient les fenêtres. On s'agitait dans l'escalier. Les vieux allaient se promener après la sieste, des voix résonnaient dans la cour intérieure, on entendait rebondir un ballon. Mme Petit attachait son chien devant la porte ; il jappait de joie.

Il était six heures. J'avais sorti mes pinceaux, mes tubes de couleur, rempli des verres d'eau. Je me préparais à peindre quand je l'ai entendu s'approcher. Six pas exactement de sa porte à la mienne. Il portait ses chaussures noires, celles dont les semelles neuves crissent encore. Il a sonné. J'ai couru vers lui ; la toile est tombée, j'ai renversé une chaise. « Une minute ! » J'ai ralenti mon pas, posé la toile sur le chevalet, remis la chaise sur ses pieds. J'ai ouvert.

— Un éclair au chocolat, ragazza ?
— De Chez Lucie ?
— De Chez Lucie.
— Alors entre.

Vendello a posé le paquet sur la table. Il a dénoué le ruban mauve, ouvert le papier plein de sucre, mis les gâteaux dans des assiettes. J'ai fait chauffer de l'eau. Nous nous sommes assis par terre sur des coussins.

J'ai attrapé une partition que Vendello avait posée par terre.

— Qu'est-ce que c'est?

— *La pavane,* de Fauré.

Vendello a chanté *La pavane* en jouant sur un violoncelle imaginaire. La voix de Vendello, c'était une matière profonde et grave comme un velours. L'arôme du thé s'arrondissait dans ma bouche. La lumière prenait des teintes graves. Dans cette voix naissaient des plis de robes lourdes, des tentures sombres, des odeurs de terre, de musc et de bois brûlé, le feu des torches. Quand il s'est tu, j'ai relevé la tête. Le soleil forçait ses yeux a rire Il avait les cheveux trop longs. Des boucles tombaient sur son front. Elles appelaient mes doigts, je voulais enfouir mes joues dedans.

— Je vais me laver les mains.

Je me suis levée. Vendello a bu les derniè-res gorgées de thé. Il s'est étiré, s'est appro-ché d'une fenêtre. Il a tourné la poignée.

— Ne t'embête pas, elle est condamnée.

— Condamnée? Par un temps pareil, c'est vraiment dommage.

Il s'est tourné vers moi.

— Tu peins ce soir?

— Oui, je pense.

— Je vais dîner chez des amis à Montmartre. J'ai dû te parler de Lawrence Richardson ?

— Ton professeur de chant à Milan ?

Vendello hocha la tête.

— Il est de passage à Paris. Il se fait vieux. On ne s'est pas vus depuis le départ de Teodoro. Nos premiers concerts, on les a faits avec lui. Et si tu venais avec moi ? On m'a dit que la terrasse est superbe.

— Non, merci.

Vendello a mis les assiettes dans l'évier. Il a embrassé ma joue. J'ai senti les boucles douces balancer contre ma tempe.

— Il faut vraiment que j'aille chez le coiffeur ! dit-il en relevant la tête.

Il est sorti. J'ai feuilleté la biographie de Villa-Lobos achetée la veille. La libraire avait tenté un geste commercial :

— Je vous l'offre. Il a l'air de vous plaire, ce livre.

— Me l'offrir ? Mais... pourquoi ?

— Vous êtes ma meilleure cliente ces derniers mois. Je voudrais vous remercier...

J'ai payé, je suis sortie.

Le 14 juillet, salle Pleyel, Vendello allait jouer devant les sommités de la capitale une œuvre majeure de Villa-Lobos, un compositeur dont je ne savais rien. Vendello n'avait pas joué en public depuis plusieurs années, et jamais encore dans une salle d'un tel renom. Son ami Yvan Debret, qui avait dû se désister brusquement, lui avait demandé d'être la pièce manquante d'un octuor de violoncelles. Vendello, d'abord, avait refusé. Il ne lui restait qu'un mois pour apprendre plus de quatre-vingts pages de partition et répéter avec sept musiciens qu'il n'avait jamais rencontrés. Mais quand Yvan avait téléphoné, il y avait dans ses yeux un éclat que je ne connaissais pas. Trois jours plus tard, il s'attaquait au premier volet des *Bachianas brasileiras* pour huit violoncelles. Je l'entendais jouer dès le matin, et lorsque je rentrais chez moi le soir, je pouvais mesurer, à travers la cloison, les progrès du déchiffrage. Le violoncelle m'accompagnait jusqu'au coucher. Au début, Vendello consacrait quelques heures à ses dossiers d'architecture en cours. Passé la première semaine, il n'y avait plus touché. Il jouait. Il ne sortait plus que pour aller chez Yvan, à une exception près : le jour où il avait acheté un costume neuf.

Je n'avais vu Vendello jouer que dans son salon, et pour moi seule. Le 14 juillet, la salle Pleyel serait comble. Je serais assise quelque part, une parmi des milliers. Le 14 juillet, c'était le lendemain.

« Votre invitation mademoiselle. »

Il était vingt heures. Le hall était plein. On se saluait, on souriait aux visages familiers, on se faisait un signe de la main. On se faufilait discrètement, on se cherchait des yeux. J'attendais l'ouverture des portes, dans le brouhaha feutré des politesses et des plaisanteries. J'observais le mouvement des robes, les décolletés offerts, les jupes longues fendues des chevilles aux cuisses. Je regardais les cheveux onduler sur les dos nus, les chignons sages d'où s'échappaient quelques mèches rebelles, les tailles serrées dans des fourreaux de soie. Je portais un pantalon.

On a ouvert les portes. La foule s'est rassemblée devant les escaliers. J'ai aperçu Vendello près du vestiaire, en conversation avec un jeune homme. Il n'avait pas coupé ses boucles grises. Vendello dessinait du doigt une carte imaginaire. L'autre hochait la tête en souriant. Peut-être parlaient-ils de voyages. Vendello a posé sa main sur l'épaule du jeune homme, ils ont éclaté de rire. Quelques couples entraient encore, pressant le pas par crainte d'être en retard. Le hall était presque vide. On dressait un buffet. Les maîtres d'hôtel couvraient déjà les tables de nappes blanches. Une ouvreuse m'a fait un signe de tête en direction de la sallé. La première sonnerie a retenti. Vendello ne me voyait pas. J'ai monté les premières marches.

« Pas si vite ! » Je me suis retournée. Ils se sont approchés de moi.

— Je te présente Gaétan. C'est un architecte extraordinaire.

— Bonjour.

— Enchanté.

— Allez, je file. Heureusement, il y a un discours avant le début du concert. On se retrouve tout à l'heure !

Il s'est éloigné. Gaétan le suivait des yeux, immobile. Je regardais Gaétan. Vendello disparu, Gaétan s'est tourné vers moi :

— Pardonnez-moi mademoiselle, je suis

un peu étonné. Je n'ai pas l'habitude de le voir dans cette tenue.

— Moi non plus.

La seconde sonnerie a retenti. Gaétan m'a montré son billet :

— Vous êtes à l'orchestre aussi ?

— Oui.

— Alors allons nous asseoir.

Le discours du maire avait commencé. Les places n'étaient pas numérotées. Les spectateurs s'étaient assis au hasard, on ne trouvait plus deux sièges libres côte à côte. L'ouvreuse secouait la tête, désolée. Je lui ai dit que ça n'avait aucune importance, que nous allions nous asseoir séparément sans déranger personne ; elle a souri : « Ne vous inquiétez pas, ce n'est qu'un discours. Je vais voir ce que je peux faire. » J'ai insisté, elle n'a pas écouté. J'ai regardé le halo de la lampe de poche remonter l'allée, balayer la salle et se promener d'une rangée à l'autre. Gaétan s'est penché vers moi.

— Auriez-vous de la monnaie ?

— Pardon ?

— Est-ce que vous avez de la monnaie, pour l'ouvreuse ?

— Oui.

— Merci.

On a applaudi le maire.

— Vous habitez dans le même immeuble que Vendello, c'est ça ? Vous êtes voisins ?

Je crois que j'ai rougi. Je n'ai rien répondu. J'ai hoché la tête.

— Vous êtes musicienne ?

— Non.

— Je suis amateur. Assez doué pour le violoncelle, il paraît, mais je ne suis pas sûr que Vendello soit très objectif.

Il toussota et reprit :

— L'octuor des *Bachianas* est un chef-d'œuvre, vous ne trouvez pas ?

— Oui.

— J'étais à la répétition la semaine dernière. Il est fabuleux.

Le halo de la lampe de poche revenait vers nous.

— Je l'aime beaucoup, ai-je chuchoté. Je le connais par cœur.

— Vraiment ? dit Gaétan surpris. Mais quand l'avez-vous rencontré ?

— Qui ?

Il sourit :

— Vendello, bien sûr.

L'index posé sur les lèvres, l'ouvreuse a fait signe de la suivre. Les musiciens entraient en scène. L'ouvreuse a pointé la lampe sur deux sièges côte à côte, et la rangée entière s'est levée pour nous laisser passer. Nous nous sommes assis.

Les musiciens accordaient leurs instruments. Les violoncellistes se sont séparés en quatre pupitres. Le silence s'est fait. Ils ont levé les archets. Alors est montée la première mesure des *Bachianas*, un frottement énergique de cordes qui pose le décor. Ensuite, ce fut l'attente. Et puis un son confus, pas une mélodie encore ; un bourdonnement, un empressement anonyme, une tension non résolue. Tout d'un coup une des voix s'est détachée, elle s'est déroulée, voluptueuse, par-dessus le bruit des cordes écorchées. Vendello. Une deuxième a surgi, lui a répondu. Tour à tour les voix ont dansé, les unes avec les autres, les unes contre les autres.

Ensuite, je n'ai plus rien entendu. Je tentais de fixer la scène, et mes yeux glissaient irrésistiblement vers le visage impassible de Gaétan. J'aurais voulu percevoir les étincelles dans ses pupilles, les sourires intérieurs qui affleurent à peine à la surface des lèvres, j'aurais voulu être tout à fait sûre Mais la salle était plongée dans l'obscurité. Il aurait fallu tourner la tête. J'ai pensé à feindre un malaise, à me lever et à partir. Gaétan n'attendait peut-être que cela. Je roulais la fève bleue entre mes doigts, je grattais le vernis du bout de l'ongle, il tombait en petites écailles sur le tissu de mon pantalon. Gaétan soupira, se cala confortablement dans son fauteuil. La fève s'effritait entre mon index et mon pouce. Un petit morceau roula au sol. Gaétan se pencha pour le ramasser. Il me le tendit et aperçut mon genou couvert de poudre blanche.

À la fin du concert, les spectateurs applaudissaient debout. Il y eut plusieurs rappels. Les musiciens saluaient, droits et dignes. Seul amateur au milieu de sept concertistes professionnels, Vendello souriait. Il avait l'air heureux. Peu à peu les applaudissements se sont espacés. Devant moi, une femme âgée s'est penchée vers son mari :

— Dis-moi, qui est ce musicien aux cheveux gris, le grand qui était assis au centre ? Il me rappelle quelqu'un.

— Je ne sais pas. Attend, ce doit être écrit dans le programme. Tiens, il s'appelle Vendello.

— Mais... attends, Vendello, ce n'est pas le nom d'un chanteur d'opéra ? À Milan, il me semble bien qu'il chantait dans *Don Giovanni*... tu sais, le triomphe de 1977.

— C'est un violoncelliste, pas un chanteur. 1977... tu ne t'en rappellerais pas !

Gaétan est intervenu.

— Excusez-moi de vous interrompre. Vous avez raison, madame, Vendello était chanteur d'opéra. Il ne chante plus depuis vingt ans.

— Tu vois ! Merci, monsieur.

Nous nous sommes dirigés vers la sortie.

— Ça vous a plu ? demanda Gaétan tandis que nous piétinions devant les portes.

— Oui.

— Il a mieux joué hier, mais c'était très réussi quand même. Très nerveux.

Dans le hall, on se pressait contre les grandes tables, on buvait du champagne, on mangeait des petits fours. Gaétan s'est dirigé vers le buffet. Perchée sur la pointe des pieds, je cherchais Vendello des yeux. Gaétan m'a tendu une coupe.

— Non, merci.

Les musiciens sont entrés dans le hall, aussitôt rejoints par le maire, une nuée d'élégants personnages et plusieurs photographes. Gaétan se fraya un chemin dans la foule. Le maire leva son verre. Il buvait au génie artistique. Bien sûr, l'orchestre et l'octuor, en particulier, avaient été formidables. De toute façon tout était formidable un jour de 14 Juillet. On serait bien sot de ne pas faire la fête alors que tout justifiait les réjouissances. On avait pris la Bastille, c'était un jour férié, on venait d'assister à un concert sublime, on était beaux, élégants et bien peignés, on sentait bon, on mangeait divinement et on était en agréable compagnie. Moi je n'avais pas pris la Bastille. J'avais le droit de me foutre du 14 Juillet et de rentrer chez moi sans dire au revoir, personne ne s'en apercevrait. J'ai posé ma coupe de champagne, j'ai traversé le hall, ouvert les lourdes portes, couru vers les néons des boulevards. Les Champs-Élysées bourdonnaient de monde, de danses, de musique. Je me suis engouffrée dans le métro.

À onze heures, j'étais chez moi.

Le lendemain matin, je sortais à peine de la douche quand Vendello a téléphoné. Il se promenait dans le bois de Vincennes.

— Tu es partie bien vite hier soir !

— Tu étais occupé.

— Gaétan était avec toi.

— J'étais venue pour toi, pas pour Gaétan.

— Tu sais bien que j'allais vous rejoindre…

J'ai avalé ma salive.

— Je ne voulais pas rester quand même.

— Ah bon ? Tu n'as pas aimé le concert ? Tu étais fatiguée ?

— Non, c'était très beau, et je n'étais pas fatiguée. Parlons d'autre chose.

— Bon… attends une seconde.

Le mieux, c'était de raccrocher. Vendello a échangé quelques mots à peine audibles avec un homme. Je n'avais rien à dire. J'avais beau réfléchir, je n'avais rien à dire du tout. J'entendais des cris d'enfant derrière Vendello, et le crissement des graviers sous ses chaussures.

— … Oui, excuse-moi, ragazza.

— C'était Gaétan.

Un temps.

— Oui. C'était Gaétan.

— Tu ne voulais pas que j'entende ?

— Non… enfin oui, je ne sais pas…

J'ai serré le poing très fort pour ne pas pleurer. Ma mère m'avait appris ça à l'âge de cinq ans.

— Si, tu le sais. Tu ne voulais pas que je vous entende.

— Mais qu'est-ce qui te prend ?

Vendello a répété sa question un ton plus haut. J'ai serré plus fort. Dans sa voix, il y avait de la colère. Vendello pouvait être en colère. C'était incroyable. En colère contre moi. La question est revenue une troisième fois. Il criait. Il disait que je devais parler, lui répondre, me conduire en adulte. Mes ongles entraient dans ma chair. J'avais des larmes plein la gorge ; ça ne marchait plus, le truc du poing serré.

— Ragazza, il s'est passé quelque chose hier soir ? Tu as un reproche à me faire ?

J'étouffais.

Il fallait raccrocher. Je ne pouvais pas.

— C'est Gaétan ? C'est ça ?? Bon Dieu, ça ne peut plus durer, il faut que tu l'acceptes, ragazza ! J'ai un amant !

C'était comme le jour où je courais après Anne dans la maison, dévalant les marches, trébuchant contre une chaise, passant entre les jambes de maman, riant aux éclats. On jouait au loup. Anne avait poussé la porte du salon et disparu dans le couloir en hurlant. Je l'avais suivie. Je n'avais pas vu la porte revenir. Il y avait eu un bruit énorme dans ma tête. Je chancelais un peu, ça tanguait autour de moi. C'était très doux ; je clignais des yeux, pour voir à travers les petites taches sombres qui se promenaient dans l'air. Je ne sentais rien. Je regardais le sang goutter sur les carreaux et sur la pointe de mes chaussures.

— Il fait bon, au bois de Vincennes ?
— Ragazza...

Maman est accourue. Elle fronçait les sourcils et faisait une affreuse grimace. Elle s'est agenouillée devant moi, elle m'a dit des choses douces que je ne comprenais pas. Je sentais que ça allait faire très mal.

— Allô ?

Elle m'a tirée par la main, m'a emmenée à la salle de bains, a tamponné mon front avec un coton imbibé d'alcool. Alors j'ai senti le déchirement de ma peau. La douleur était terrible. Les larmes sont venues.

— Pardon. Pardon, ragazza, je suis désolé… Je ne voulais pas, pas comme ça… pas au téléphone…

L'image de ma mère s'est dissipée. Peut-être suis-je tombée. Je me rappelle que le sol était tout près. Une surface dure et lisse sous mes côtes.

J'entendais le battement de mon cœur, lent, calme, régulier. Ma tête faisait mal. Mon coude faisait mal. Je plissais les yeux et la lumière se fronçait en rayons dorés. Avec mes yeux, je pouvais faire des étoiles. J'ai tourné la tête. Le combiné dansait au bout du fil. Il sonnait dans le vide : « Raccroche-moi, raccroche-moi, c'est fini. »

Cette nuit-là, j'ai fait un rêve étrange. C'était à Toisan. Nous étions des milliers debout au bord de la falaise, un long serpent humain face à la mer. Nous savions que nous allions tomber. Nous ignorions quand et pourquoi, mais cela n'avait pas d'importance. En attendant on bavardait, on déjeunait, on recousait des boutons. Il y avait quelques visages connus. Mme Petit, qui caressait son chien, mon petit cousin Antoine, qui jouait aux Playmobil, et un copain de terminale que je n'avais pas revu depuis le lycée. Tout le monde était très occupé. Certains s'embrassaient. Je regardais en bas. Sophia était assise sur l'eau et me faisait un signe de la main. On se penchait vers moi : « Voulez-vous un morceau de chocolat ? — Non, merci. — Voulez-vous une tasse de café ? — Non, merci. » Il y avait beaucoup de bruit mais au loin j'entendais Sophia crier : « Viens, ma chérie, je t'attends. Si tu veux, nous pouvons aller nous promener ensemble. » Mes voisins m'invitaient à une partie de pétanque, on me demandait s'il fallait du lait pour faire un quatre-quarts, et ce que je pensais du dernier Goncourt. « Viens, ma chérie », répétait Sophia. On me disait que bientôt il serait trop tard, alors vite vite mangez donc de ce caviar qui est si rare et si cher, buvez donc un peu de ceci et un peu de cela pendant qu'il est encore temps, dépêchez-vous. « Viens. »

On a tiré sur mon écharpe. Vendello était debout, à côté de moi, avec son violoncelle. Il a joué une sonate, et puis nous avons parlé, bu du thé, mangé du pain d'épices. J'ai regardé Sophia, je lui ai souri et j'ai posé un doigt sur mes lèvres.

Ensuite, j'ai oublié.

J'ai traversé les nuits, les jours de juillet dans la torpeur. Mes cours au Conservatoire étaient terminés. Il faisait chaud. Chez moi, le soleil tapait sur les carreaux et je laissais les stores baissés. L'appartement était plongé dans le noir. Moi aussi.

Ma sœur a accouché. J'ai prétexté un terrible virus et je suis restée au lit pendant trois jours. Ma mère, accaparée par ses nouvelles fonctions de grand-mère, a oublié ma prétendue maladie et s'est occupée de sa petite-fille. Elle appelait presque tous les jours. Au début je décrochais, et puis je la laissais parler, la touche «haut-parleur» enfoncée, le combiné posé sur l'oreiller. Ensuite j'ai laissé le répondeur tourner.

Je me souviens de cette nuit d'août où je n'ai pas dormi. Allongée sur le dos, je respirais à peine. J'attendais le sommeil. Je n'osais pas un soupir, tout menaçait ma somnolence. Le moindre geste m'éveillait tout à fait. Alors je me tournais, le front contre la fraîcheur du mur. Je me figeais à nouveau. Mon corps creusait le matelas, le sommeil entrait en moi. Il desserrait mes mâchoires, lissait les plis de mon front. Et il cognait là, à la lisière des cheveux. Chaque fois. Tout était à recommencer. Quand la cloche de Saint-Armand a sonné quatre heures, je me suis levée. J'ai suivi le rayon de lune d'une pièce à l'autre. Je suis tombée dans un fauteuil, devant la fenêtre du salon. J'ai attendu. La chemise de nuit remontée aux genoux, les bras posés sur les accoudoirs, indifférente aux picotements qui montaient dans mes doigts.

Je ne savais rien de Vendello depuis trente-quatre jours. Dehors, il faisait encore nuit. Le salon était plongé dans le noir. Dans un angle de la fenêtre, la lune. Elle dessinait les antennes, les cheminées, les perpendiculaires des toits au-dessous de moi, les arêtes d'immeubles. Je devinais par endroits le rectangle des fenêtres, les lignes fuyantes des gouttières, le contour des terrasses; la géométrie d'une ville endormie. Des lampadaires étaient plantés sur le côté droit de la rue. Une rangée de façades émergeait de l'obscurité. Les fenêtres et les portes étaient closes. Rien n'entrait, rien ne sortait des immeubles. Il faisait chaud.

Un couple de voix soûles est monté dans la nuit, mêlé de hoquets, de rires et de jurons incompréhensibles. La porte de l'immeuble s'est ouverte, elle a claqué. Les voix ont résonné dans la cage d'escalier. Des pas syncopés ont grimpé les marches. Ça ne pouvait pas être lui. Ils passèrent devant ma porte. On trébucha. Il y eut un bruit de chute.

— Eh, ça va, Pat?
— Ouais, ouais. Aide-moi à me relever.

— T'es dans un sale état, mon gars. Accro-che-toi à la rampe.

Ce n'était pas lui. Sûrement les étudiants en médecine du septième étage, qui ne sor-taient qu'à la nuit tombée. Ils rentraient tard et s'effondraient dans l'escalier, ou ne revenaient qu'au matin. On devait avoir le même âge. Je les croisais quelquefois. Ils me disaient bonjour. Je les reconnaissais mieux à leur pas qu'à leur voix. C'était un pas irré-gulier, tour à tour hésitant et précipité. Un pas-hoquet, un pas de jambes engourdies d'alcool. Un pas qui compte sur les bras pour s'accrocher à la rampe, pour s'appuyer au mur, pour amortir la chute. Un choc de pieds et de paumes.

— Allez, on y est, sors la clé.

— Putain de verrou de merde. Tire la porte.

La porte claqua. Ce fut de nouveau le silence.

Une lumière bleue montait à l'horizon. On devinait les pentes des toits, l'ondulation des tôles, la superposition des ardoises. L'aube mordait la masse noire des immeu-bles. Un relief de briques et de moulures émergeait des façades, des balcons apparaissaient aux fenêtres. On discernait le maillage des grilles devant les boutiques, la bordure épaisse des trottoirs, le grain irrégulier de la chaussée. J'attendais. La cloche de Saint-Armand a sonné cinq heures.

Je me suis levée. J'ai mis du lait dans une casserole. Vendello ne buvait pas de café sans lait. J'ai attrapé les allumettes. J'ai entendu quelqu'un passer dans le couloir. On a descendu les premières marches, hésité, descendu une marche encore. C'était un pas léger ; ce pouvait être un enfant, une femme. Ou bien le pas d'un homme discret, un pas masculin de cinq heures du matin, le sien peut-être. On a remonté précipitamment les marches. Le pas pressé n'a pas perdu sa légèreté. Il est passé devant ma porte, il est passé devant la sienne, il a couru au fond du couloir. Ça ne pouvait pas être lui. C'était Mme Abel, sans doute, qui prenait sa garde à l'hôpital. On a fermé une porte, on a marché dans le couloir sur la pointe des pieds, descendu l'escalier. J'ai allumé le gaz, posé la casserole sur le feu. Je me suis approchée de la fenêtre. Une blouse blanche passait le coin de la rue.

Où pouvait-il être?

Il était peut-être parti. Ou bien il vivait encore chez lui, juste de l'autre côté de la cloison, discret comme un absent. Son parquet ne grinçait plus. On n'entendait plus Mozart ni la longue respiration du violoncelle. L'oreille collée au mur, les yeux clos, j'avais pendant des jours sondé le silence. J'attendais un éclat de voix, un éternuement, une sonnerie de téléphone, le choc d'un meuble contre le mur, un bruit de chasse d'eau. Rien. Certains matins il me semblait entendre une clé tourner dans sa serrure, ou fredonner *Madre Mia* dans le couloir. Je courais au judas, n'osant pas me montrer. Je m'attendais à voir un désordre de cheveux poivre et sel disparaître derrière la rampe. Le couloir était désert. Je regardais ma montre. Est-ce que je prenais mon petit déjeuner plus tôt que d'habitude? Se levait-il plus tard?

Le soleil montait sans gloire. Une lueur sale entrait par la fenêtre. La rue d'abord bleuie par l'aube tournait au gris. La poussière au carreau marquait le blanc du ciel.

Ce serait un jour incolore. À six heures on a tiré les rideaux aux fenêtres d'en face. À six heures trente les premiers piétons se hâtaient vers le métro, les voitures s'arrêtaient au feu rouge, on attendait le bus. À sept heures on entrait au bistrot. Au comptoir, on devait servir les premiers cafés crème. La boulangère levait sa grille, on arrangeait la devanture du kiosque à journaux. C'était l'été. Comme les autres saisons, simplement un peu plus calme. Le plafond a gémi au-dessus de moi, on a ouvert et fermé des portes de chambres, de salles de bains, de placards. Des bruits tout proches mêlés à ceux, plus lointains, des klaxons, des moteurs, des marteaux-piqueurs. J'ai bu une gorgée de mon café au lait. C'était froid. J'ai versé le lait au fond du lavabo, lentement, en regardant l'épais liquide tourner, hésiter, et puis se jeter dans le trou avec les eaux usées. J'ai poussé à fond l'interrupteur de la lampe halogène, et je me suis rassise à mon poste sur la rue. La lampe se réfléchissait sur la vitre sale. Je m'y voyais comme dans un miroir. C'était moi ce corps-là, cette plante sans colonne vertébrale. On aurait dit le ficus indigne à qui j'avais décidé de coller un tuteur. Je me suis levée, j'ai éteint la lampe.

Que pouvait-il faire ?

À cette heure-ci d'habitude, il devait être revenu de sa course dans le parc. Les cheveux encore mouillés de la douche, enveloppé de l'odeur franche du savon de Marseille, il s'asseyait à sa table. Il allumait son ordinateur devant les baies vitrées, dans ce salon qu'il appelait « presque jardin » à cause de la luminosité qui tombait directement du ciel. La machine crépitait ses connexions, ses contrôles de disque dur, ses réveils de logiciels. Pendant ce temps, Vendello reculait un peu la chaise et attrapait le violoncelle. L'archet glissait sur quelques cordes, je savais par avance qu'il ne jouerait pas au-delà de quatre ou cinq mesures. C'était juste un bouquet de notes isolées, à peine une teinte de Mozart ou de Dvořák, un salut à la journée qui commençait.

J'imaginais Gaétan assis près de lui, remontant les cordes du violoncelle avec l'index, jusqu'aux chevilles. Je frissonnais d'effroi.

L'heure de pointe était passée. On promenait des poussettes, on tirait des chariots pour les courses. Les ouvriers qui isolaient l'immeuble allaient bientôt traverser la cour, les mains chargées d'outils, les vêtements couverts de plâtre. Le boucher allumait sa boutique, la croix verte de la pharmacie clignotait, un marchand à la sauvette avait planté son carton devant la bouche de métro. Le mouvement descendant ralentissait, l'escalier roulant amenait les gens à la surface. On allumait nerveusement des cigarettes. Au passage piétons, juste au-dessous, on attendait des deux côtés. Le feu passait au rouge et les deux lignes adverses se croisaient sans un frôlement de mallette ou d'épaule. La cloche de Saint-Armand sonna neuf heures. À neuf heures le matin, d'habitude, je marchais comme eux, dans une rue semblable, je traversais aux passages cloutés, je croisais le mouvement qui venait d'en face. Je marchais les yeux rivés sur mes chaussures, balançant mon cartable, et je me retrouvais sans effort, sans même y avoir pensé, à la Villette ou devant le Conservatoire. Quelque part. On défilait sous ma fenêtre, toutes les tailles et toutes les couleurs, pressés ou lents. On passait. J'attendais. Aujourd'hui je n'avais plus de force.

Pourquoi m'avait-il laissée l'aimer ?

Le soleil s'allongeait sur le parquet. Il faisait danser la poussière. Un magazine traînait à mes pieds. J'avais dû le rapporter d'un rendez-vous chez le dentiste. J'ai touché la couverture de papier glacé avec le bout de mes orteils.

« Séduire au féminin », c'était la une. Ça ne me faisait plus sourire.

Saint-Armand a sonné dix heures. La lumière commençait à faire mal. J'ai fermé les yeux. J'attendais depuis la veille ; dix fois les cloches avaient sonné. J'avais attendu six cents minutes dont deux cent quarante dans mon lit et trois cent soixante devant la fenêtre. J'attendais Vendello. S'il fallait patienter jusqu'au soir cinq cent quarante minutes supplémentaires, j'étais prête. Je pouvais tenir indéfiniment. J'attendrais. Je n'avais rien d'autre à faire.

À onze heures, on montait l'escalier. Ce corps-là pesait lourd. C'était le pas d'un homme. Il passait les paliers successifs sans ralentir le rythme. Plus il montait vers moi, mieux je percevais le bruit. C'était un coup mat sur chaque marche jusqu'au deuxième étage ; ensuite j'ai entendu le glissement familier de la semelle avant que le pied ne se pose ; à partir du troisième étage le poids du corps faisait grincer le bois ; il allait monter deux à deux les dernières marches jusqu'au quatrième étage, il faisait toujours ça, tout d'un coup impatient d'être chez lui, et il allait fouiller dans ses poches pour trouver les clés qu'il égarait toujours. Je me suis levée, ma jambe a violemment cogné le coin de la table basse. J'étais en chemise de nuit, je ne voulais pas qu'il me voie comme ça. J'ai enfilé l'imperméable qui pendait au porte-manteau, j'ai mis des sandales, je suis sortie. J'ai sonné chez lui. J'ai frappé à la porte de toutes mes forces. Ma jambe saignait. Quelque part dans le couloir une voix de femme a dit : « Chut ! » À gauche un homme est sorti, un bouquet de fleurs à la main. Un autre grimpait l'escalier, caché derrière un rouleau de laine de verre. Le sang coulait sur mes sandales. J'ai couru vers ma porte. Elle était fermée. Les clés étaient à l'intérieur. « Je peux vous aider ? » a demandé le monsieur au bouquet. L'autre homme, essoufflé sur le palier, regardait ma jambe. La dame s'avançait vers moi.

J'ai dévalé l'escalier.

Mme Petit balayait la cour. Elle ne s'est pas retournée tout de suite. Elle bavardait avec son mari qui bricolait sur le bord de la fenêtre. Lui m'a vue. Il a suspendu son geste, a levé le menton dans ma direction. Mme Petit a tourné la tête. J'ai couru jusqu'à la rue. Le sang gouttait sur le trottoir. Des enfants me montrèrent du doigt en tirant sur la main de leur mère ; un homme assis sur un banc a refermé son livre. Le monsieur au bouquet s'est approché, suivi de l'ouvrier et de la dame curieuse. J'ai marché. L'agent de police a sifflé, j'ai traversé l'avenue ; il a sifflé une seconde fois, je suis passée au milieu d'un flot de voitures. Les automobilistes ralentissaient à ma hauteur et me dévisageaient par les fenêtres ouvertes, certains riaient. J'ai marché plus vite. Les piétons qui attendaient de l'autre côté se sont écartés. Leurs yeux me griffaient le dos. On me regardait aux terrasses des cafés, en sortant des boutiques, depuis les cabines téléphoniques. J'ai couru pour leur échapper, ils me rattrapaient toujours, et lorsque je croyais les avoir perdus quelque part, je les retrouvais un peu plus loin, au milieu d'autres visages ; c'étaient les mêmes regards effrayés ou moqueurs. J'ai couru, mais des bribes de phrases arrivaient malgré tout jusqu'à moi. Des gouttes d'eau s'écrasaient sur le trottoir, je respirais une odeur de goudron chaud. Je suis entrée dans un square. Des femmes se hâtaient vers la sortie en protégeant des enfants contre leur poitrine, des poussettes encombraient l'allée. J'ai dû ralentir, j'ai dû m'exposer, presque immobile dans leur mouvement panique ; j'ai fermé les yeux, j'ai enfoui mon visage dans mes mains jusqu'à ce qu'ils soient passés. J'entendais le claquement sec des parapluies qu'on ouvre. Des phrases me parvenaient entières — « Mais écartez-vous donc, vous êtes en plein milieu du passage ! » Mes jambes se préparaient à fuir. Ils sont passés. J'ai couru. La pluie encore, le ciel avait trop attendu, c'était un déluge. Moi aussi j'avais trop attendu. Les graviers crissaient sous mes semelles. Ça sentait la terre.

Les lanières des sandales frottaient contre mes talons. Sous le lacet de cuir la peau tirait à chaque pas. C'était une douleur à fleur de chair ; il aurait suffi de baisser la lanière de quelques millimètres pour la soulager. J'ai ralenti ma course. J'ai marché. J'ai souri. Le pincement n'était pas désagréable. C'était bon d'avoir mal quelque part. Je n'avais plus de souffle. J'étais trempée. Le chemin était plein d'eau. Mon imperméable était lourd de pluie. Je gouttais, comme les arbres. La chemise de nuit collait à mes mollets. J'ai fait demi-tour, je suis sortie du square.

Les rues étaient presque désertes. De temps en temps je croisais une capuche, un parapluie, une tête baissée comme pour passer à travers les gouttes. On me bousculait. On avait la pensée à ras de terre, on évitait les flaques, on était soucieux d'arriver à destination. On ne me dévisageait plus. À la première averse, les promeneurs s'engouffraient dans les cafés ou le métro. Seul dans la rue, on était tranquille. J'ai rejoint le canal Saint-Martin. Il avait une mine d'hiver avec ses berges désertes, ses pavés mouillés, son eau vert sombre. D'habitude, j'aimais bien me promener au bord de l'eau, quand le canal prenait son air de grandes vacances. Je marchais dans l'ombre avec les étrangers. Je regardais. Il y avait les pêcheurs, pour la plupart des retraités assis sur des chaises pliantes, les épaules couvertes de coups de soleil ; les joueurs de pétanque, le teint et l'accent pleins de Méditerranée ; les promeneurs à vélo, les amoureux qui s'embrassaient sur les bancs. Sous la pluie j'étais seule. Les rives étaient à moi. Je marchais au milieu de la promenade avec ma chair à vif sous le lacet de cuir. Je rentrais à la maison.

J'ai traversé la cour de l'immeuble. J'ai monté l'escalier la main sur la rampe en semant les gouttes derrière moi, un étage après l'autre. J'étais fatiguée. Je frissonnais. La porte était close. Les clés étaient à l'intérieur.

J'ai sonné chez Mme Petit. J'espérais que son mari ouvrirait la porte. Un homme, c'est efficace ; ça ne pose pas de questions, c'est embarrassé de vous trouver, vulnérable, sur son paillasson. Un homme agirait vite pour que je disparaisse. Une femme, elle, aurait pitié.

— Qu'est-ce que c'est?

La gardienne était chez elle. Elle a entre-bâillé la porte et jeté un œil à l'extérieur.

— Ah, c'est vous.

Elle a ôté le chaînon près du verrou. Elle a ouvert d'une main. De l'autre, elle serrait les deux pans d'un fichu jeté sur ses bigoudis.

— Mais… qu'est-ce qu'il vous arrive?

— J'ai oublié mes clés à l'intérieur. Je voudrais appeler un serrurier.

— Entrez, entrez, je vais téléphoner. Asseyez-vous par ici, quoique non, attendez, ça aime pas l'eau ces tissus-là. Tenez, dans la cuisine, il y a du carrelage.

— Je vais attendre dans l'entrée, ne vous inquiétez pas.

Je suis restée près de la porte. Ça sentait l'eau de Javel, le chocolat et la tarte aux pommes chaude. Dans la cuisine, la gazinière était encombrée de bouteilles de sodas et de paquets de bonbons; la table était mise pour le goûter.

— Il sera là d'ici une heure, le serrurier. Le dimanche, c'est plus long, dit Mme Petit en nouant le fichu sur sa nuque.

— Merci beaucoup.

La gardienne fixait la petite flaque autour de mes sandales.

— On pourrait vous essorer dites donc ! D'où c'est que vous sortez ?

— J'ai pris l'averse. Ne vous en faites pas, je vais attendre là-haut.

Mme Petit secoua ses bigoudis. J'ai retenu un rire. On aurait dit que des choses vivantes remuaient sous le fichu.

« Pas question ! » Elle décrocha un cintre dans la penderie.

— Mon beau-frère a attrapé une pneumonie en plein juillet l'année passée. Vous allez commencer par m'enlever le pardessus, on va vous le faire sécher.

Elle tendit la main.

— C'est vraiment gentil, mais ça ira, je vous assure. Vous attendez vos petites-filles.

— Mon mari est allé les chercher ; j'ai fait une de ces tartes aux pommes… ! Allez, n'insistez pas ou je vais me fâcher.

— C'est-à-dire… Je ne suis pas décente,

ma robe est trempée... Vous comprenez, c'est un peu gê...

— J'ai eu quatre filles, alors les paires de fesses, ça m'effraie pas. Mais je vais pas vous forcer. Vous allez vous sécher dans la salle de bains, je vous apporte des vêtements secs.

Mme Petit a ouvert un placard, elle a disparu dans les étagères. On ne voyait dépasser que son volumineux derrière, qui s'agitait comme les bigoudis sous le fichu.

— Voilà une serviette. La salle de bains, c'est au fond. La porte à côté, c'est les WC.

— Merci.

— Ouste, disparaissez !

Elle me tourna le dos. Dans la salle de bains mauve, ça sentait la vanille. J'ai fermé à clé. Je me suis retournée. Je me suis déshabillée, je me suis regardée dans le miroir. L'empreinte des coutures mouillées barrait ma poitrine, j'avais le bout des doigts plissé comme après un bain. Mes sœurs appelaient ça « les doigts vieux ». C'était un peu ça. J'avais vieilli.

— Je vous laisse tout là, dans le couloir. On n'a pas la même taille vous et moi, j'ai fait ce que j'ai pu, a dit Mme Petit à travers la porte.

Je me suis séchée, j'ai enfilé la chemise à carreaux et le pantalon XL. Ça ne tenait pas sur mes hanches. Pour la décence c'était raté.

Mme Petit s'est esclaffée en me voyant sortir de la salle de bains.

— Je m'en doutais, mais pas à ce point ! Asseyez-vous, je vous ai préparé du thé. Vous prenez du sucre ?

— Non, merci.

— Ah, j'entends mon mari qui arrive. Vous allez goûter avec nous.

Les deux petites filles ont joué à la coiffeuse. Je leur ai prêté mes cheveux. Entre deux parts de tarte aux pommes, elles ont appris à faire des tresses, ont noué des rubans, accroché des barrettes, enroulé des macarons. Maurice lisait *L'Équipe*, Mme Petit tricotait, la télévision babillait sur le buffet, on avait ouvert les fenêtres. Je me laissais faire. Au bout d'une heure on a sonné. Mme Petit a posé son tricot et s'est levée.

— C'est le serrurier, a-t-elle dit. Allez, Sandra, on enlève tout ce qu'on a mis dans ces cheveux, la dame doit rentrer chez elle.

Les petites filles prenaient leur temps. Je voulais que ça dure.

— On se dépêche et on dit au revoir.

— Mais, mamie, ça tire si on va vite !

J'ai embrassé les petites filles, remercié Mme Petit. J'ai rejoint le serrurier. Quand la gardienne a fermé la porte, j'ai entendu une voix d'enfant crier depuis la cuisine :

— Dis, mamie, on pourra l'inviter encore, la dame ?

Le serrurier a fait son travail. J'étais mortifiée de le voir ouvrir le loquet avec une carte téléphonique. Un coup sec a suffi. J'ai payé 700 francs. Par terre, j'ai ramassé un bout de papier blanc. « Viens, si tu veux. Vendello. »

J'étais fatiguée. J'ai changé de vêtements, peigné mes cheveux.

J'ai regardé le papier sur la table basse. « Viens, si... » Ce n'était pas un impératif, même déguisé. Il n'y avait aucune urgence dans un conditionnel, ni ordre ni désir. L'écriture était ronde et régulière. Vendello avait pris le temps de noter l'heure.

« Si tu veux » ; après une virgule, petite marque de la pensée ordonnée.

« Viens » ; tout complément était superflu.

J'ai frappé à sa porte. Il a ouvert. Il a serré ma main dans la sienne avec un sourire.

— J'avais sacrément envie de te voir flotter dans les vêtements de Mme Petit !

Nous nous sommes assis. Il m'a raconté son week-end en Toscane chez son frère qui fêtait ses quarante ans, le dîner de famille et les cousins perdus de vue, les promenades à dos d'âne avec les enfants, sa belle-sœur qui attendait le sixième et qu'il n'avait jamais connue qu'enceinte, son père qui buvait trop et dont les ronflements résonnaient dans toute la maison. Vendello parlait fort, son accent chantait plus qu'à l'habitude.

Vendello s'est tu. Ce fut le silence. Quelque chose allait venir mais on ignorait quoi. On savait seulement que ça ne durerait pas. Je suivais des yeux les fissures du parquet.

— Je vais partir, a dit Vendello.
Partir.
— Où ça ?
— Je rentre chez moi. En Italie.
J'ai hoché doucement la tête. Je froissais le tissu blanc du canapé entre mes doigts.

— Et… tu pars quand ?

— La semaine prochaine.

J'ai mordu ma lèvre. Sept jours.

— Tu es heureux ?

Vendello a souri.

— Je crois que oui.

J'ai essayé de sourire à mon tour.

Vendello s'est levé, a ouvert le coffre en bois et fouillé parmi les partitions.

— Tiens. Le Danhauser. C'est pour toi.

— Merci.

Il me tendait le recueil par-dessus la table basse. J'ai regardé le papier jauni sous ses doigts. Sa main tremblait un peu. J'ai levé mes yeux vers les siens.

— Ragazza, prends-le.

J'ai pris le Danhauser. J'ai regardé les grandes lettres rouges sur la couverture.

— Il faut nous dire au revoir, Vendello. Je m'en vais ce soir. Demain matin au plus tard.

— Bien.

Je me suis levée, le Danhauser sous le bras. Vendello a pris ma main et déposé un baiser au creux de ma paume. Il a refermé mon poing. Il a souri à travers mes larmes.

— Au revoir, ragazza.

— Au revoir.

Nina m'avait trouvé un vol à dix heures du soir. J'ai préparé mon sac dans un déchaînement de saxophone, de percussions et de piano. Je suis sortie sur le palier, j'ai tiré la porte derrière moi. Plusieurs cartons, des ciseaux et du gros scotch traînaient devant la porte de Vendello. À genoux par terre, remuant la tête au rythme d'une musique jazz, Gaétan emballait des piles de livres. Il m'aperçut et me fit un petit signe de la main. J'ai tourné le dos, fermé la porte à clé. J'ai disparu dans l'escalier sur un coup de cymbales.

DU MÊME AUTEUR

Aux Éditions Gallimard

LA NOTE SENSIBLE, 2002 (Folio n° 4029)

SEPT JOURS, 2003

BONNES VACANCES ! collectif, collection « Scripto », Gallimard
  Jeunesse, 2004

Composition Bussière
et impression Bussière Camedan Imprimeries
à Saint-Amand (Cher), le 2 Juillet 2004.
Dépôt légal : juillet 2004.
1ᵉʳ dépôt légal dans la collection : avril 2004.
Numéro d'imprimeur : 042892/1.
ISBN 2-07-031331-X./Imprimé en France.